8/06

Y

MANUEL RIVAS

El lápiz del carpintero

punto de lectura

Título: El lápiz del carpintero
Título original: *O lapis do carpinteiro*
© 1998, Manuel Rivas
© De la traducción: Dolores Vilavedra
© Grupo Santillana de Ediciones, S.A.
© De esta edición: junio 2000, Suma de Letras, S.L.
Barquillo, 21. 28004 Madrid (España) www.puntodelectura.com

ISBN: 84-95501-52-X
Depósito legal: B-41.218-2001
Impreso en España – Printed in Spain

Portada: MGD
© Fotografía de portada: Agustí Centelles, Vegap, Madrid
Diseño de colección: Ignacio Ballesteros

Impreso por Litografía Rosés, S. A.

Cuarta edición: enero 2001
Quinta edición: febrero 2001
Sexta edición: abril 2001
Séptima edición: septiembre 2001

MANUEL RIVAS

El lápiz del carpintero

AGRADECIMIENTOS

A Chonchiña, y en memoria de su gran amor Paco
Comesaña, el doctor Comesaña, que luchó contra el
mal de aire.
A Ánxel Vázquez de la Cruz, médico de niños.
Sin ellos, no nacería esta historia.

También en la memoria de Camilo Díaz Baliño, pintor
asesinado el 14 de agosto de 1936, y de Xerardo Díaz
Fernández, autor de *Os que non morreron* y *A crueldade
inútil*, que murió en el exilio de Montevideo.

Con mi gratitud a los doctores Héctor Verea, que me
guió en la enfermedad tísica, y Domingo García-Sa-
bell, que me acercó a la cautivadora personalidad de
Roberto Nóvoa Santos, el maestro de la patología
general, muerto en 1933.
También me fue de mucha utilidad la consulta de las
investigaciones históricas de Dionisio Pereira, V. Luis
Lamela y Carlos Fernández.

A Juan Cruz, quien sencillamente dijo: ¿Por qué no
escribes esa historia? Y me hizo llegar por medio de
Rosa López un bonito lápiz de carpintero chino.

A Quico Cadaval y Xurxo Souto, que respiran cuentos y luz de niebla.
A Xosé Luis de Dios, que con su pintura me recordó
a las lavanderas.
Y a Isa, en los peñascos de Pasarela,
en los colmenares de Cova de Ladróns.

Uno

Está arriba, en la galería, escuchando a los mirlos.

Carlos Sousa, el periodista, dijo gracias cuando ella lo invitó a pasar con el gesto de una sonrisa. Sí, gracias, pensó mientras subía la escalera, a la puerta de cada casa debería haber dos ojos como ésos.

Sentado en una silla de <u>mimbre</u>, junto a una mesa camilla, con la mano posada en el libro abierto como quien hace suya y medita una página brillante, el doctor Da Barca miraba hacia el jardín, envuelto en un aura de luz invernal. La estampa sería apacible si no fuera por la mascarilla de oxígeno. El tubo que lo unía a la bombona pendía sobre las flores blancas de las plantas de azalea. A Sousa la escena le pareció de una inquietante y cómica melancolía.

Cuando se dio cuenta de la visita, alertado por el crujir de las tablas del suelo de la sala, el doctor Da Barca se levantó y se quitó la mascarilla con una sorprendente agilidad, como si fuese el mando de una consola infantil. Era alto y ancho de hombros, y mantenía alzados los brazos en arco. Parecía que su función más natural era la del abrazo.

Sousa se sintió perplejo. Iba con la idea de que se trataba de visitar a un agonizante. Afrontó incomodado el encargo de arrancarle sus últimas palabras a un anciano de vida agitada. Pensaba escuchar un hilo de voz incoherente, la lucha patética contra el mal de Alzheimer. Jamás habría podido imaginar una agonía tan luminosa, como si en realidad el paciente estuviese conectado a un generador. No era ésa su enfermedad, pero el doctor Da Barca tenía la belleza tísica de los tuberculosos. Los ojos agrandados como lámparas veladas de luz. Una palidez de loza, barnizada de rosa en las mejillas.

Aquí tienes al reportero, dijo ella sin dejar de sonreír. Fíjate qué jovencito.

No tan joven, dijo Sousa, mirándola con pudor. Ya fui más de lo que soy.

Siéntese, siéntese, dijo el doctor Da Barca. Estaba paladeando este oxígeno. ¿Le apetece un poco?

El reportero Sousa se sintió algo aliviado. Aquella bella anciana tras la llamada de la aldaba, que parecía escogida para un capricho por el cincel del tiempo. Aquel grave enfermo, hospitalizado hasta hacía dos días, animoso como un campeón ciclista. En el periódico le habían dicho: Hazle una entrevista. Es un viejo exiliado. Cuentan que hasta trató al Che Guevara en México.

¿Y eso hoy a quién podría importarle? Sólo a un jefe de información local que por las noches lee *Le Monde Diplomatique*. Sousa aborre-

10

cía la política. En realidad, aborrecía el periodismo. En los últimos tiempos había trabajado en la sección de sucesos. Estaba quemado. El mundo era un estercolero.

Los larguísimos dedos del doctor Da Barca aleteaban como teclas con vida propia, como prendidas al órgano por una vieja lealtad. El reportero Sousa sintió que esos dedos lo estaban explorando, percutiendo en su cuerpo. Tuvo la sospecha de que el doctor analizaba con las linternas de sus ojos el significado de sus ojeras, de aquellas prematuras bolsas en los párpados, como si él fuese un paciente.

Y podría serlo, pensó.

Marisa, corazón, ponnos algo de beber para que salga bien la necrológica.

¡Qué cosas tienes!, exclamó ella. No hagas esas bromas.

El reportero Sousa se iba a negar, pero se dio cuenta de que sería un error rechazar un trago. Hacía horas que se lo estaba pidiendo el cuerpo, un trago, un maldito trago, se lo estaba pidiendo desde que se había levantado, y en aquel momento supo que había dado con uno de esos hechiceros que leen en la mente de los demás.

¿No será usted un señor Hache-Dos-O?

No, dijo él siguiendo con la ironía, mi problema no es el agua, precisamente.

Magnífico. Tenemos un tequila mexicano que resucita a los muertos. Dos vasos, Marisa, por favor. Y luego miró para él, guiñándole un ojo. Los nietos no se olvidan del abuelo revolucionario.

¿Cómo se encuentra?, preguntó Sousa. De alguna forma tenía que empezar.

Ya ve, dijo el doctor abriendo los brazos con jovialidad, muriéndome. ¿De verdad cree que tiene algún interés entrevistarme?

El reportero Sousa recordó lo que le habían dicho en la tertulia del Café Oeste. Que el doctor Da Barca era un viejo rojo irreductible. Que había estado condenado a muerte en 1936 y que salvó el pellejo de milagro. De milagro, repitió uno de los informantes. Y que, después del presidio, había vivido exiliado en México, de donde no quiso regresar hasta la muerte de Franco. Seguía con sus ideas. O con la Idea, como él decía. Un hombre de otros tiempos, concluyó el informante.

Yo ya soy un ectoplasma, le dijo el doctor. O, si lo prefiere, un extraterrestre. Por eso tengo problemas con la respiración.

El jefe de información local le había dado un recorte de prensa con una foto y una breve nota en la que se informaba de un homenaje popular al doctor. Le agradecían la atención, siempre gratuita, a la gente más humilde. "Desde que volvió del exilio", contaba una vecina, "nunca le echó la llave a la puerta". Sousa explicó que sentía no haberlo visitado con anterioridad. Que la entrevista estaba pensada para antes de que lo internaran en el hospital.

Usted, Sousa, dijo el doctor, despreocupándose de sí mismo, ¿no es de aquí, verdad?

Dijo que no, que era de más al norte. Llevaba allí pocos años, y lo que más le gustaba era la bonanza del tiempo, un trópico en Galicia. De vez en cuando iba a Portugal, a tomar bacalao a la Gomes de Sáa.

Disculpe la curiosidad, ¿vive usted solo?

El reportero Sousa buscó la presencia de la mujer, pero se había ido suavemente, sin decir nada, tras dejar las copas y la botella de tequila. Era una situación extraña, la del entrevistador entrevistado. Iba a decir que sí, que vivía muy solo, demasiado solo, pero respondió riendo. Está la patrona de la pensión, se preocupa mucho porque estoy delgado. Es portuguesa, casada con un gallego. Cuando se enfadan, ella le llama portugués y él le dice que parece una gallega. Le ahorro los adjetivos, claro. Son de grueso calibre.

El doctor Da Barca sonrió pensativo. Lo único bueno que tienen las fronteras son los pasos clandestinos. Es tremendo lo que puede hacer una línea imaginaria trazada un día en su lecho por un rey chocho o dibujada en la mesa por los poderosos como quien juega un póker. Recuerdo una cosa terrible que me dijo un hombre. Mi abuelo fue lo peor que se puede ser en la vida. ¿Qué hizo entonces, mató?, le pregunté. No, no. Mi abuelo por parte de padre fue sirviente de un portugués. Estaba borracho de bilis histórica. Pues yo, le dije para fastidiarlo, si pudiese escoger pasaporte, sería portugués. Pero por suerte esa frontera se irá difuminando en su propio absurdo. Las fronteras de verdad son aquellas que mantienen a los pobres apartados del pastel.

El doctor Da Barca mojó los labios en la copa y luego la alzó como en un brindis. ¿Sabe? Yo soy un revolucionario, dijo de repente, un internacionalista. De los de antes. De los de la Primera Internacional, si me apura. ¿A que le suena raro?

A mí no me interesa la política, respondió Sousa como en un reflejo instintivo. Me interesa la persona.

La persona, claro, murmuró Da Barca. ¿Ha oído usted hablar del doctor Nóvoa Santos[*]?

No.

Era una persona muy interesante. Expuso la teoría de la realidad inteligente.

Siento no conocerlo.

No se preocupe. Casi nadie lo recuerda, empezando por la mayoría de los médicos. La realidad inteligente, sí, señor. Todos soltamos un hilo, como los gusanos de seda. Roemos y nos disputamos las hojas de morera pero ese hilo, si se entrecruza con otros, si se entrelaza, puede hacer un hermoso tapiz, una tela inolvidable.

Atardecía. En la huerta, un mirlo se echó a volar cual pentagrama negro, como si de repente

[*] Brillante patólogo e intelectual gallego, formó parte de la Agrupación al Servicio de la República junto con Ortega y Gasset. Fue diputado en las Constituyentes de 1931. (N. de la T.)

se hubiese acordado de una cita olvidada, al otro lado de la frontera. La hermosa señora se acercaba de nuevo a la galería con el andar suave de un reloj de agua.

Marisa, dijo él repentinamente, ¿cómo era aquel poema del mirlo, el del pobre Faustino[*]?

Tanta paixón e tanta melodía
tiñas nas túas veas apreixada,
que unha paixón a outra paixón sumada,
no breve corpo teu xa non cabía.[**]

Lo recitó sin hacerse de rogar y sin forzar la entonación, como atendiendo a una petición natural. Fue su mirada, un resplandor de vitrales en el crepúsculo, lo que conmovió al reportero Sousa. Bebió un largo trago de tequila para ver cuánto quemaba.

¿Qué le parece?

Hermosísimo, dijo Sousa. ¿De quién es?

De un cura poeta al que le gustaban mucho las mujeres. Y sonrió: un caso de realidad inteligente.

Y ustedes, ¿cómo se conocieron?, preguntó el reportero, por fin dispuesto a tomar notas.

[*] Se refiere a Faustino Rey Romero, sacerdote y poeta. Crítico con el franquismo y la Iglesia oficial, acabó sus días exiliado en América. *(N. de la T.)*

[**] Tanta pasión y tanta melodía / tenías en tus venas apresada / que una pasión a otra pasión sumada / ya en tu breve cuerpo no cabía. *(N. de la T.)*

Yo ya me había fijado en él paseando por la Alameda. Pero lo escuché hablar por primera vez en un teatro, explicó Marisa mirando para el doctor Da Barca. Me habían llevado unas amigas. Era un acto republicano en el que se debatía si las mujeres debían o no tener derecho a voto. Hoy nos parece raro, pero en aquellos tiempos era algo muy controvertido, incluso entre las mujeres, ¿verdad? Y entonces Daniel se levantó y contó aquella historia de la reina de las abejas. ¿Te acuerdas, Daniel?

¿Cómo es esa historia de la reina de las abejas?, preguntó intrigado Sousa.

En la Antigüedad no se sabía cómo nacían las abejas. Los sabios, como Aristóteles, inventaron teorías disparatadas. Se decía, por ejemplo, que las abejas venían del vientre de los bueyes muertos. Y así durante siglos y siglos. Y todo esto, ¿sabe por qué? Porque no eran capaces de ver que el rey era una reina. ¿Cómo sustentar la libertad sobre una mentira semejante?

Le aplaudieron mucho, añadió ella.

Bah. No fue una ovación indescriptible, comentó el doctor con humor. Pero hubo aplausos.

Y dijo Marisa:

Él ya me gustaba. Pero fue después de oírlo aquel día cuando me pareció verdaderamente atractivo. Y más aún cuando mi familia me advirtió: a ese hombre, ni te acerques. Enseguida se informaron de quién era.

16

Yo pensaba que ella era costurera.

Marisa rió:

Sí, le mentí. Fui a hacerme un vestido a un taller de costura que había frente a la casa de su madre. Yo salía de probar, y él venía de visitar a sus enfermos. Me miró, seguí adelante y de repente se dio la vuelta: ¿Trabajas aquí? Yo asentí. Y él dijo: ¡Pues qué costurera más bonita! Debes de coser con seda.

El doctor Da Barca la miraba con sus viejos ojos tatuados de deseo.

Entre las ruinas arqueológicas de Santiago, aún debe de haber un revólver herrumbroso. El que nos llevó ella a la cárcel para que intentáramos salvarnos.

Dos

Herbal no hablaba casi nunca.

Le pasaba un paño a las mesas, meticuloso, como quien abrillanta con gamuza un instrumento. Vaciaba los ceniceros. Barría el local, lentamente, dándole tiempo a la escoba a hurgar en las esquinas. Esparcía en círculo un espray de aroma a pino canadiense, eso decía el bote, y era él quien encendía el neón que daba a la carretera, con letras rojas y una figura de valquiria que parecía levantar las pesas de sus tetas con unos forzudos bíceps. Conectaba el equipo de música y ponía aquel disco largo, *Ciao, amore*, que se repetía como una letanía carnal toda la noche. Manila daba unas palmadas, se acicalaba el pelo como si fuese a debutar en un cabaret y era Herbal quien descorría el cerrojo de la puerta.

Manila decía:

Venga, niñas, que hoy vienen los de los zapatos blancos.

Atún blanco. Harina de pescado. Cocaína. Los de los zapatos blancos habían invadido el territorio de los viejos contrabandistas de Fronteira.

Herbal permanecía acodado al fondo de la barra, como un guardia en su garita. Ellas sabían que él estaba allí, filmando cada movimiento, espiando a los tipos que tenían, como decía él, cara de plata y lengua de navaja. Sólo de vez en cuando salía de su puesto de vigía para ayudar a Manila a servir copas, en los escasos momentos de apuro, y lo hacía a la manera de un cantinero en plena guerra, como si echara el licor directamente en el hígado del cliente.

Maria da Visitação había llegado hacía poco de una isla del Atlántico africano. Sin papeles. Como quien dice, se la habían vendido a Manila. De su nuevo país poco más conocía que la carretera que iba hacia Fronteira. La contemplaba desde la ventana del piso, en el mismo edificio del club, apartado, sin vecindario. En el alféizar de la ventana había un geranio. Si la viésemos desde fuera, mientras ella acechaba inmóvil por la ventana, pensaríamos que se le habían posado mariposas rojas en el hermoso tótem de su cara.

Al otro lado de la carretera había un soto con mimosas. Aquel primer invierno la habían ayudado mucho. Florecían en la orilla como candelas en una ofrenda a las ánimas, y esa visión le quitaba el frío. Eso y el canto de los mirlos, con su melancólico silbido de almas negras. Tras el soto, había un cementerio de coches. A veces se veía gente rebuscando piezas entre la chatarra. Pero el único habitante fijo era un perro encadenado a un coche sin ruedas que le servía de caseta. Se subía al techo y ladraba todo el día. Eso le daba frío. Ella pensaba que estaba muy al norte. Que para arriba de Fronteira empezaba un mundo de nieblas, vendavales y nieve. Los hombres que llegaban de allí tenían faros en los ojos, se restregaban las manos al entrar en el club y bebían licores fuertes.

Excepto algunos, hablaban muy poco.

Como Herbal.

Herbal le caía bien. Nunca la había amenazado, ni le había levantado la mano para pegarle, como había oído decir que hacían con las chicas en otros clubes de la carretera. Tampoco le había pegado Manila, aunque ésta tenía días en que su boca parecía el cañón de una recortada. Maria da Visitação se había dado cuenta de que el humor de Manila dependía de la comida. Cuando disfrutaba en la mesa, las trataba como a hijas. Pero los días en que se descubría gorda, disparaba blasfemias como si quisiese vomitar las grasas. Ninguna de las chicas sabía muy bien qué tipo de relación existía entre Herbal y Manila. Dormían juntos. Cuando menos, dormían en la misma habitación. En el club actuaban como propietaria y empleado, pero sin dar ni recibir órdenes. Ella no blasfemaba nunca al dirigirse a él.

El club abría al anochecer y ellas dormían durante el día. A primera hora de la tarde, Maria da Visitação bajó al local. Había despertado con resaca, la boca de ceniza, el sexo dolorido por las cargas robustas de los contrabandistas, y le apeteció mezclar un zumo de limón con cerveza fría. Con las contraventanas cerradas, sentado ante una mesa y bajo una lámpara que abría un pozo de luz en la penumbra, estaba Herbal.

Dibujaba en servilletas de papel con un lápiz de carpintero.

Tres

Lo siento mucho, socio. Y mi tío apretaba el gatillo. Preferiría no tener que hacerlo, amigo. Y entonces mi tío le daba duramente con la estaca, un golpe certero en la nuca del zorro atrapado en el cepo. Entre mi tío el trampero y su presa había el instante de una mirada. Él le decía con los ojos, y yo oí ese murmullo, que no tenía más remedio. Eso fue lo que yo sentí ante el pintor. Cometí muchas barbaridades, pero cuando me encontré ante el pintor murmuré por dentro que lo sentía mucho, que preferiría no tener que hacerlo, y no sé lo que él pensó cuando su mirada se cruzó con la mía, un destello húmedo en la noche, pero quiero creer que él entendió, que adivinó que yo lo hacía para ahorrarle tormentos. Sin más, le apoyé la pistola en la sien y le reventé la cabeza. Y luego me acordé del lápiz. El lápiz que él llevaba en la oreja. Este lápiz.

Cuatro

Los de la partida, los paseadores que se hacían llamar la Brigada del Amanecer, se cabrearon mucho. Primero lo miraron con sorpresa, como diciendo qué burro, se le escapó el tiro, no se mata así. Pero luego, de regreso, rumiaban que les había jodido la fiesta con tanta diligencia. Habían pensado alguna maldad. Quizá cortarle los cojones en vivo y metérselos en la boca. O cercenarle las manos como hicieron con el pintor Francisco Miguel, o con el sastre Luis Huici. ¡Cose ahora, dandy!

No te asustes, mujer, se hacían cosas así, le dijo Herbal a Maria da Visitação. Sé de uno de esos que le fue a dar el pésame a una viuda y le dejó un dedo del marido en la mano. Supo que era de él por la alianza.

El director de la prisión, que era un hombre muy atormentado, dicen que antiguo amigo de algunos de los que estaban dentro, le había pedido aquella noche de asalto que los acompañase. Lo llamó aparte. Le temblaba el reloj de pulsera en la mano. Y le pidió muy por lo bajo: Que no sufra, Herbal. Aun así fue capaz de hacer el paripé. Acompañó a los paseadores a la celda.

Pintor, dijo, puede salir en libertad. Acababan de escucharse los toques de las doce de la noche en la campana de la Berenguela. ¿En libertad a las doce de la noche?, preguntó el pintor, desconfiado. Venga, fuera, no me lo ponga difícil. Los falangistas se reían, ocultos todavía en el pasillo.

Y a Herbal la encomienda no le costó ningún trabajo. Porque él, a la hora de matar, se acordaba de su tío el trampero, el mismo que les ponía nombre a los animales. A las liebres las llamaba *Josefina* y al raposo, *don Pedro*. Y porque, a decir verdad, le había tomado aprecio a aquel señor. Porque el pintor era un señor hecho y derecho. En sus idas y venidas de la cárcel, trataba al carcelero como si éste fuese el acomodador de un cine.

El pintor no sabía nada del guardia, pero Herbal sabía algo de él. Se había comentado que su hijo, en compañía de otros, había tirado unas piedras contra la casa del alemán, uno que era de los de Hitler y daba clases de su idioma en Santiago. Le destrozaron los cristales. El alemán se había presentado en comisaría muy irritado, como si aquello fuese un complot internacional. Al poco, apareció el pintor con su hijo, un chaval muy menudo y nervioso, con los ojos más grandes que las manos, y al que denunció por ser uno de los autores de las pedradas. Hasta el comisario quedó pasmado. Le tomó declaración pero los mandó marcharse a ambos, padre e hijo.

Así de recto era el pintor, explicó Herbal a Maria da Visitação. Y fue de los primeros que apresamos. Es muy peligroso, había dicho el sargento Landesa. ¿Peligroso? Si ése no es capaz ni de pisar una hormiga. ¡Qué sabréis vosotros!, respondió enigmático. Es el cartelista, el que pinta las ideas.

Cuando lo del alzamiento, llevaron a los republicanos más significados a la cárcel. Y también a otros menos destacados, pero que siempre coincidían con los apuntados en la misteriosa lista negra del sargento Landesa. La cárcel de Santiago, conocida como A Falcona, estaba detrás del palacio de Raxoi, en la cuesta que desembocaba en la plaza del Obradoiro, justo enfrente de la catedral, de tal forma que si excavabas un túnel ibas a dar a la cripta del Apóstol. Allí empezaba lo que llamaban el Inferniño. Cada catedral medieval, el gran templo de Dios, tenía cerca un Inferniño, el lugar del pecado. Porque detrás de la prisión estaba el Pombal[*], el barrio de las putas.

Las paredes de la cárcel eran de losas pintadas de musgo. Por suerte para ellos, si es que se puede hablar así, les tocó el verano como antesala de la muerte. En invierno, la cárcel era una nevera con olor a moho, y el aire tenía un peso de hojas mojadas. Pero allí nadie pensaba todavía en el invierno.

Durante aquellos primeros días, todos aparentaban normalidad, presos y guardias, como viajeros sorprendidos por una avería en la cuesta

---

[*] En gallego, "palomar". (N. de la T.)

de la vida y a la espera de que un oportuno golpe de manivela propulsara de nuevo el motor y se reanudase el viaje. Incluso el director permitía la visita de los familiares, y que les llevasen la comida hecha de casa. Y ellos, los detenidos, hacían tertulia durante las horas del patio con aparente despreocupación, sentados en el suelo y recostados en los muros, con la jovialidad con que algunos lo hacían tan sólo unos días antes, en sus respectivas sillas, en torno a los veladores con tacitas humeantes, en el Café Español, con las paredes decoradas por los murales del pintor. O como los obreros en la pausa del trabajo, después de la reverencia irónica de la visera al patrón sol y de escupir para sellar la zanja, yendo a buscar una sombra de agua y pan para echar unas risas de sobremesa. Detenidos en traje o camiseta, la larga espera, el polvo del calendario, los iban igualando a todos en el patio, como hace el sepia en un retrato de grupo. Parecemos segadores. Parecemos vagabundos. Parecemos gitanos. No, dijo el pintor, parecemos presos. Estamos empezando a coger color de presos.

Durante las horas de guardia, Herbal podía escucharlos de cerca. Lo entretenían como una radio. El dial del palique, yendo y viniendo. Se acercaba de lado, como quien no quiere la cosa, y echaba un pitillo apostado en el quicio de la puerta que daba al patio. Cuando los había dejado, hablaban de política. En cuanto salgamos de ésta, decía Xerardo, un maestro de Porto do Son, la

República tendrá que zafar, como hacen los marineros tras un golpe de mar. La República federal.

Ahora hablaban del eslabón perdido entre el mono y el hombre.

En cierta forma, decía el doctor Da Barca, el humano no es fruto de la perfección, sino de una enfermedad. El mutante del que procedemos tuvo que ponerse en pie por algún problema patológico. Se encontraba en clara inferioridad frente a sus predecesores cuadrúpedos. No hablemos ya de la pérdida del rabo y del pelo. Desde el punto de vista biológico, era una calamidad. Yo creo que la risa la inventó el chimpancé la primera vez que se encontró en aquel escenario con el *Homo erectus*. Imaginaos. Un tipo erguido, sin rabo y medio pelado. Patético. Para morir de risa.

Yo prefiero la literatura de la Biblia a la de la evolución de las especies, dijo el pintor. La Biblia es el mejor guión que se hizo, por ahora, de la película del mundo.

No. El mejor guión es aquello que ignoramos. ¡El poema secreto de la célula, señores!

¿Es cierto eso que leí en la hoja episcopal, Da Barca?, intervino con ironía Casal[*]. Que

[*] Activo republicano galleguista, promovió algunas de las editoriales más emblemáticas de los años veinte, como Nós, en la que se publicarían los *Seis poemas galegos* de Federico García Lorca. Detenido por los golpistas siendo alcalde de Santiago, sería asesinado la misma noche que el poeta granadino. *(N. de la T.)*

dijiste en una conferencia que el hombre tenía nostalgia del rabo.

Todos rieron, empezando por el interpelado, que le siguió la corriente: Sí. ¡Y también dije que el alma está en la glándula tiroides! Pero ya que estamos en esto, os voy a decir algo. En las clínicas atendemos casos de mareo y vértigo que se producen cuando el humano se pone en pie de repente, vestigios del desarreglo funcional que supuso adaptarse a la verticalidad. Lo que sí tiene el humano es nostalgia de lo horizontal. En cuanto al rabo, digamos que es una rareza, una deficiencia biológica, que el hombre no lo tenga, o lo tenga digamos que cortado. Esa ausencia de rabo no debe de ser un factor despreciable para explicar el origen del lenguaje oral.

Lo que no comprendo, dijo el pintor divertido, es cómo tú, siendo tan materialista, puedes creer en la Santa Compaña.

¡Un momento! Yo no soy materialista. Sería una vulgaridad por mi parte, un desaire a la materia que tanto hace por salir de sí para no aburrirse. Yo creo en una realidad inteligente, en un ambiente, por así decirlo, sobrenatural. A ras de tierra, el mutante erecto le devolvió la risotada al chimpancé. Reconoció el escarnio. Se sabía defectuoso, anormal. Y por eso también tenía el instinto de la muerte. Era a la vez animal y planta. Tenía y no tenía raíces. De ese trastorno, de esa rareza, surgió el gran ovillo. Una segunda naturaleza. Otra realidad. Eso que el doctor Nóvoa Santos llamaba la realidad inteligente.

Yo conocí a Nóvoa Santos, dijo Casal. Le edité algún escrito y puedo decir que éramos buenos amigos. Ese hombre era un portento. Demasiado excepcional para este país tan ingrato.

El alcalde de Santiago, que dedicaba su escaso pecunio a la edición de libros, hizo una pausa y, entristecido, evocó. Los pobres le llamaban Novo Santo*. Pero la caverna del clero y de la universidad lo odiaba. Un día entró en el casino y tiró los muebles por la ventana. Se había suicidado un muchacho por las deudas de juego. El ideario de Nóvoa valía tanto como una constitución: Ser algo bueno y algo rebelde. Cuando consiguió la cátedra de Madrid, con su lección magistral, el anfiteatro entero, dos mil personas, se puso en pie. Le aplaudieron como a un artista, como si fuese Caruso. ¡Y eso que había hablado de los reflejos corporales!

Siendo estudiante, tuve la suerte de acudir a una de sus consultas, dijo Da Barca. Lo acompañamos a visitar a un viejo moribundo. Era un caso raro. Nadie acertaba con la enfermedad. En el Hospital de la Caridad había una humedad tal que a las palabras les salía moho por el aire. Y don Roberto, nada más verlo, sin tocarlo siquiera, dijo: Lo que este hombre tiene es hambre y frío. Denle caldo caliente hasta que se harte y pónganle dos mantas.

* En gallego, "Nuevo Santo". *(N. de la T.)*

Y usted, doctor, ¿de verdad cree en la Santa Compaña?, preguntó Dombodán con ingenuidad.

Da Barca recorrió el círculo de amigos con una penetrante mirada teatral.

Creo en la Santa Compaña porque la vi. No por tipismo. Siendo estudiante, una noche, fui a rebuscar en el osario que hay junto al cementerio de Boisaca. Tenía un examen y necesitaba un esfenoides, un hueso de la cabeza dificilísimo de estudiar. ¡Qué maravilla, el esfenoides, con esa forma de murciélago con alas! Oí algo que no era ruido, como si el silencio cantase gregoriano. Y allí estaba, ante mis ojos, una hilera de candiles. Allí estaban, y disculpadme la pedantería, las migajas ectoplasmadas de los difuntos.

La disculpa era innecesaria, porque todos entendían lo que quería decir. Escuchaban con mucha atención, aunque la expresión de las miradas iba de la entrega a la incredulidad.

¿Y qué?

Nada. Puse a mano el tabaco, por si me lo pedían. Pero pasaron de largo como motoristas silenciosos.

¿Hacia dónde iban?, preguntó Dombodán con inquietud.

Esta vez, el doctor Da Barca lo miró con seriedad, como si ante él quisiese disipar cualquier sombra de cinismo.

Hacia la Eterna Indiferencia, amigo.

Pero luego, notando el desasosiego de Dombodán, rectificó con una sonrisa: En realidad, creo que iban para San Andrés de Teixido, donde va de muerto quien no fue de vivo. Sí, creo que iban en esa dirección.

Os voy a contar una historia. El silencio fue roto por el tipógrafo Maroño, un socialista al que los amigos llamaban O'Bo[*]. No es un cuento. Es un sucedido.

¿Y dónde sucedió?

En Galicia, dijo O'Bo desafiante. ¿Dónde, si no, iba a suceder?

Ya.

Pues bien. En un lugar llamado Mandouro vivían dos hermanas. Vivían solas, en una casa de labranza que les habían dejado sus padres. Desde la casa se veía el mar y muchos navíos que allí cambiaban el rumbo de Europa hacia los mares del Sur. Una hermana se llamaba Vida y la otra Muerte. Eran dos buenas mozas, robustas y alegres.

¿La que se llamaba Muerte también era guapa?, preguntó preocupado Dombodán.

Sí. Bien. Era guapa, pero algo caballuna. El caso es que las dos hermanas se llevaban muy bien. Como tenían muchos pretendientes, habían hecho un juramento: podían flirtear, incluso tener aventuras con hombres, pero nunca separarse la una de la otra. Y lo cumplían lealmente. Los días de fiesta bajaban juntas al baile, a un lugar llamado Donaire, adonde acudía todo el mocerío de la parroquia. Para llegar allí, tenían que

---

[*] En gallego, "El Bueno". (N. de la T.)

atravesar unas tierras de marisma, con muchos lamedales, conocidas como Fronteira. Las dos hermanas iban con los zuecos puestos y llevaban en la mano los zapatos. Los de Muerte eran blancos y los de Vida, negros.

¿No sería al revés?

Pues no. Eran tal como os digo. En realidad, esto que hacían las dos hermanas era lo que hacían todas las muchachas. Iban con zuecos y con los zapatos en la mano para tenerlos limpios a la hora de danzar. Así que se juntaban en la puerta del baile hasta un ciento de zuecos, como barquichuelas en un arenal. Los muchachos, no. Los muchachos iban a caballo. Y corcoveaban en sus cabalgaduras, sobre todo al llegar, para impresionar a las chicas. Y así iba pasando el tiempo. Las dos hermanas acudían al baile, tenían sus quereres, pero siempre, tarde o temprano, volvían a casa.

Una noche, una noche de invernada, hubo un naufragio. Porque, como sabéis, éste era y es un país de muchos naufragios. Pero aquél fue un naufragio muy especial. El barco se llamaba *Palermo* e iba cargado de acordeones. Mil acordeones embalados en madera. La tempestad hundió el barco y arrastró el cargamento hacia la costa. El mar, con sus brazos de estibador enloquecido, destrozó las cajas y fue llevando los acordeones hacia las playas. Los acordeones sonaron toda la noche, con melodías, claro, más bien tristes. Era una música que entraba por las ventanas, empujada por el vendaval. Como todas las gentes de la comarca, las dos hermanas despertaron y la escucharon también, sobrecogidas. Por la mañana, los acordeones yacían en los arenales, como cadáveres de instrumentos ahogados. Todos quedaron inservibles. Todos, menos uno. Lo encontró un joven pescador en una gruta. Le pareció una suerte tal que aprendió a tocarlo. Ya era un muchacho alegre, con mucha chispa, pero aquel acordeón cayó en sus manos como una gracia. Vida, una de las hermanas, se enamoró tanto de él en el baile que decidió que aquel amor valía más que todo el vínculo con su hermana. Y huyeron juntos, porque Vida sabía que Muerte tenía un genio endemoniado y que podía ser muy vengativa. Y vaya si lo era. Nunca se lo ha perdonado. Por eso va y viene por los caminos, sobre todo en las noches de tormenta, se detiene en las casas en las que hay zuecos a la puerta, y a quien encuentra le pregunta: ¿Sabes de un joven acordeonista y de esa puta de Vida? Y a quien le pregunta, por no saber, se lo lleva por delante.

Cuando el tipógrafo Maroño acabó su relato, el pintor musitó: Esa historia es muy buena.

La escuché en una taberna. Hay tascas que son universidades.

¡Nos van a matar a todos! ¿No os dais cuenta? ¡Nos van a matar a todos!

Quien gritaba era un preso que había permanecido en una esquina, algo apartado del grupo, como ensimismado en su cavilar.

Estáis ahí dale que dale, con cuentos de viejas. Y no os dais cuenta de que nos van a matar a todos. ¡Nos van a matar a todos! ¡A todos!

Se miraron sobrecogidos, sin saber qué hacer, como si, sobre ellos, el cielo azul y caluroso de agosto se fragmentase en pedazos de hielo.

El doctor Da Barca se acercó a él y lo agarró por el pulso.

Tranquilo, Baldomir, tranquilo. Hablar es un esconjuro.

Cinco

El pintor había conseguido un lápiz de carpintero. Lo llevaba apoyado en la oreja, como hacen los del oficio, listo para dibujar en cualquier momento. Ese lápiz había pertenecido a Antonio Vidal, un carpintero que había llamado a la huelga por las ocho horas y que con él escribía notas para *El Corsario*, y que a su vez se lo había regalado a Pepe Villaverde, un carpintero de ribera que tenía una hija que se llamaba Mariquiña y otra Fraternidad. Villaverde era, según sus propias palabras, libertario y humanista, y empezaba sus discursos obreros hablando de amor: "Se vive como comunista si se ama, y en proporción a cuánto se ama". Cuando se hizo listero del ferrocarril, Villaverde le regaló el lápiz a su amigo sindicalista y carpintero Marcial Villamor. Y antes de que lo matasen los paseadores que iban de caza a la Falcona, Marcial le regaló el lápiz al pintor, al ver que éste intentaba dibujar el Pórtico de la Gloria con un trozo de teja.

Y a medida que pasaban los días, con su estela de los peores presagios, más se concentraba él en su cuaderno. Mientras los otros charlaban, él los retrataba sin descanso. Les buscaba el perfil, un gesto característico, el punto de la mirada, las zonas de sombra. Y cada vez con mayor dedicación, casi enfebrecido, como si atendiese un pedido de urgencia.

El pintor explicaba ahora quién era quién en el Pórtico de la Gloria.

Estaba allí, a unos metros de distancia, pero el guardia Herbal sólo había visitado la catedral en dos ocasiones. Una, de niño, cuando sus padres habían ido desde la aldea a vender simiente de repollo y cebolla el día de Santiago. De aquella ocasión recordaba que lo habían llevado al Santo de los Croques y que colocó los dedos en el molde labrado de una mano, y que tuvo que golpear la frente contra la cabeza de piedra. Pero él había quedado cautivado por aquellos ojos de ciego que tenía el santo y fue el padre, riéndose con su boca desdentada, quien lo agarró por el cogote y le hizo ver las estrellas. Si no es por las buenas, dijo la madre, no le vendrán las luces. No tengas miedo, dijo el padre, no le vendrán de ninguna de las maneras. La segunda vez fue ya de uniformado, en una misa de la Ofrenda. Con la nave atestada de gente, sudaban latines interminables. Pero el botafumeiro lo había dejado extasiado. Eso sí que lo recordaba bien. El gran incensario envolvía en niebla el altar, como si todo aquello fuese un extraño cuento.

El pintor hablaba del Pórtico de la Gloria. Lo había dibujado con un lápiz gordo y rojo, que llevaba constantemente en la oreja, como un carpintero. Cada una de las figuras resultaba ser en el retrato uno de sus compañeros de la Falcona. Parecía satisfecho. Tú, Casal, le dijo al que había sido alcalde de Compostela, eres Moisés con las Tablas de la Ley. Y tú, Pasín, le dijo a uno que era del sindicato ferroviario, tú eres San Juan Evangelista, con los pies sobre el águila. Y San Pablo eres tú, mi capitán, le dijo al teniente Martínez, que había sido carabinero y se metió de concejal republicano. Y había también dos viejos encarcelados, Ferreiro de Zas y González de Cesures, y a ellos les dijo que eran los ancianos que estaban arriba, en el centro, con el *organistrum*, en la orquesta del Apocalipsis. Y a Dombodán, que era el más joven y algo inocente, le dijo que era un ángel que tocaba la trompeta. Y así a todos, que salieron tal cual, como luego se pudo ver en el papel. Y el pintor explicó que el zócalo del Pórtico de la Gloria estaba poblado de monstruos, con garras y picos de rapiñas, y cuando oyeron eso todos callaron, un silencio que los delató, porque Herbal bien que notaba todos los ojos clavados en su silueta de testigo mudo. Y por fin se decidió a hablar del profeta Daniel. De él se dice que es el único que sonríe con descaro en el Pórtico de la Gloria, una maravilla del arte, un enigma para los expertos. Ése eres tú, Da Barca.

Seis

Un día, el pintor fue a pintar a los locos del manicomio de Conxo. Quería retratar los paisajes que el dolor psíquico ara en los rostros, no por morbo sino por una fascinación abismal. La enfermedad mental, pensaba el pintor, despierta en nosotros una reacción expulsiva. El miedo ante el loco precede a la compasión, que a veces nunca llega. Quizá, creía él, porque intuimos que esa enfermedad forma parte de una especie de alma común y anda por ahí suelta, escogiendo uno u otro cuerpo según le cuadre. De ahí la tendencia a hacer invisible al enfermo. El pintor recordaba de niño una habitación siempre cerrada en una casa vecina. Un día escuchó alaridos y preguntó quién estaba allí. La dueña de la casa le dijo: Nadie.

El pintor quería retratar las heridas invisibles de la existencia.

El escenario del manicomio era estremecedor. No porque los enfermos se dirigiesen a él amenazantes, pues sólo unos pocos lo habían hecho, y de una forma que parecía ritual, como si intentasen abatir una alegoría. Lo que impresionó al pintor fue la mirada de los que no miraban. Aquella renuncia a las latitudes, el absoluto deslugar por el que caminaban.

Con la mente en su mano, dejó de sentir miedo. El trazo seguía la línea de la angustia, del pasmo, del delirio. La mano paseaba en espiral enfebrecida entre los muros. El pintor volvió en sí por un instante y miró el reloj. Pasaba ya un tiempo de la hora acordada para su marcha. Caía la noche. Recogió el cuaderno y fue hacia la portería. El cerrojo estaba echado con un enorme candado. Y allí no había nadie. El pintor llamó al celador, primero en bajo, luego a voces. Escuchó los toques del reloj de la iglesia. Daban las nueve. Se había retrasado media hora, no era tanto tiempo. ¿Y si se habían olvidado de él? En el jardín, un loco permanecía abrazado al tronco de un boj. El pintor pensó que el boj tenía, por lo menos, doscientos años, y que aquel hombre buscaba algo firme.

Pasaron los minutos y el pintor se vio a sí mismo gritando con angustia, y el interno amarrado al boj lo miró con compasión solidaria.

Y entonces llegó un hombre sonriente, joven pero trajeado, que le preguntó qué le pasaba. Y el pintor le dijo que era pintor, que había ido allí con permiso para retratar a los enfermos y que se había despistado con la hora. Y aquel joven trajeado le dijo muy serio: Eso mismo me ha pasado a mí.

Añadió:

Y llevo aquí encerrado dos años.

El pintor pudo ver sus propios ojos. Un blanco de nieve con un lobo solitario en el horizonte.

¡Pero yo no estoy loco!

Eso mismo fue lo que yo dije.

Y como lo vio al borde del pánico, sonrió y se delató: Es una broma. Soy médico. Tranquilo, que ahora salimos.

Así había conocido el pintor al doctor Da Barca. Fue el comienzo de una gran amistad.

El guardia lo miró desde la penumbra, como tantas veces antes.

Yo también conocía muy bien al doctor Da Barca, le contó Herbal a Maria da Visitação. Muy bien. Nunca podría sospechar cuánto sabía yo de él. Durante una larga temporada, fui su sombra. Seguí sus huellas como un perro de caza. Era mi hombre.

Fue después de las elecciones de febrero de 1936, cuando ganó el Frente Popular. El sargento Landesa reunió en secreto a un grupo de hombres de su confianza y lo primero que les dijo fue que aquella reunión nunca había tenido lugar. Grábense bien esto en la cabeza. Lo que aquí se hable, nunca se ha hablado. No hay órdenes, no hay instrucciones, no hay jefes. No hay nada. Sólo existo yo, y yo soy el Espíritu Santo. No quiero cagadas. A partir de ahora, ustedes son sombras, y las sombras no cagan, o cagan blanco como las gaviotas. Quiero que me escriban una novela sobre cada uno de estos elementos. Quiero saberlo todo.

Cuando desplegó la lista con los objetivos que teníamos que marcar de cerca, nombres de personas públicas y otras desconocidas, el guardia Herbal notó una sensación picante en la lengua. Uno de los que figuraban era el doctor Da Barca. Yo podría encargarme de ese hombre, sargento. Tengo la pista. Pero ¿él lo conoce a usted? No, no sabe ni que existo.

Recuerde que esto no es una cuestión personal, sólo se requiere información.

No hay nada personal, sargento, mintió Herbal. Seré invisible. No se me dan las letras, pero le escribiré una novela sobre ese tipo.

Tengo entendido que es un buen predicador.

Como una mecha prendida, sargento.

Pues adelante.

De aquella reunión que nunca tuvo lugar, Herbal recordaría, pasado el tiempo, y de nuevo en su memoria aquel rumor de la fuente donde se lavaban las tripas, el instante en que alguien habló del pintor. No es pintor de brocha gorda, informó el sargento Landesa al agente finalmente encargado de su vigilancia. Éste pinta ideas. Vive en casa de la Tumbona. Y todos rieron. Todos menos Herbal, que no sabía el porqué, ni lo preguntó. Años después lo entendería por boca del propio difunto. Una tumbona era la puta vieja que les enseñaba el oficio a las jovencitas. Les enseñaba, sobre todo, cómo soportar durante el menor tiempo posible el peso del hombre sobre el cuerpo de una, y la regla de oro de cobrar antes del servicio. De vez en cuando, le contaría el difunto, aún llamaban a su puerta. Padres y madres que venían con una muchachita preguntando por la Tumbona. Mi mujer se mordía la lengua, les decía que allí ya no había ninguna tumbona. Y después lloraba. Lloraba por cada una de ellas. Y tenía razón. Muy cerca de allí, en la calle del Pombal, encontrarían la tumbona que buscaban.

Cuatro meses después de la reunión, a finales de junio, Herbal entregó el informe sobre el doctor Da Barca. El sargento lo valoró al peso. Pues sí que parece una novela. Era una carpeta con un montón de notas, escritas a mano con una grafía tortuosa. Los abundantes borrones de tinta, cicatrizados con papel secante, parecían vestigios de una fatigosa pelea. De no ser azules, se diría que eran gotas de sangre caídas de la frente del escribano. En un mismo párrafo, los palos de las letras altas tenían distinta inclinación, hacia la derecha o la izquierda, como ideogramas de una flota embestida por el viento.

El sargento Landesa empezó a leer una hoja al azar. ¿Qué dice aquí? ¡Lección de *autonomía* con un cadáver!, exclamó mordaz. Anatomía, Herbal, anatomía.

Ya le advertí que no se me daban las letras, atajó ofendido el guardia.

Otra nota: "Lección de agonía. Aplausos". ¿Y esto qué es?

Eso fue un catedrático, señor. El jefe de Da Barca. Se tumbó en una mesa e imitó cómo respiran los muertos antes de morir, que es en dos tiempos. Habló de una cosa que les da a algunos agónicos, una especie de alucinación que les ayuda a irse en sosiego. Dijo que el cuerpo era muy sabio. Y quedó muerto como en el teatro. Le aplaudieron mucho.

Habrá que ir a verlo, comentó con sarcasmo el sargento. Y luego preguntó con mucha extrañeza: ¿Y aquí qué pone? Leyó con dificultad: Doctor Da Barca. La belleza, la belleza... ¿La belleza física?

Déjeme ver, dijo Herbal, acercándose a él para leer por encima de su hombro. La voz le tembló al reconocer la frase que él mismo había escrito. La belleza tísica, señor.

Él, el doctor Da Barca, reconoció ante los estudiantes a una muchachita enferma, de las de la Beneficencia. Primero le hizo preguntas. Que cómo se llamaba y de dónde era. Lucinda, de Valdemar. Y le decía qué nombre más bonito, y qué sitio más lindo. Después la cogió por el pulso y la miró a los ojos. Les dijo a los estudiantes que los ojos eran las ventanas del cerebro. Luego le hizo la cosa esa de ir percutiendo con los dedos.

Herbal calló por un instante, con la mirada perdida. Estaba recreando de nuevo aquella escena que lo había perturbado y maravillado a la vez. La muchacha con aquel camisón tan fino. Aquella sensación como de haberla visto antes, peinándose ante una ventana. El doctor colocando con delicadeza dos dedos de la mano izquierda y repicando con el corazón derecho. Que no se mueva el codo. Apreciad la pureza del sonido. Así. Mate. Mate. Hummm. Ni mate ni timpánico. Y después con aquel aparato, el de los oídos, con el mismo recorrido. En los pulmones. Hummm. Gracias, Lucinda, ya te puedes ir a vestir. Hace algo de frío. Todo irá bien, ya verás. Y una vez que ella se fue, él les dice a los estudiantes: Es el sonido de una olla cascada. Pero, en realidad, no haría falta nada de esto. El rostro delgado y pálido, ligeramente teñido en las mejillas. El barniz del sudor en esta aula fría. La melancolía de la mirada. Esa belleza tísica.

¡La tuberculosis, doctor!, exclama un estudiante de la primera fila.

Exacto. Y añadió, con un deje de amargura: El bacilo de Koch sembrando tubérculos en el jardín rosado.

Herbal sintió el tentáculo frío del fonendo en su pecho. Una voz exclamaba: ¡Es el sonido de una olla cascada!

La belleza tísica. Me llamó la atención esa frase, sargento. Por eso la apunté.

¿No fue una imprudencia ir a la Facultad?

Me mezclé con un grupo de estudiantes portugueses que venían de visita. Quería saber si adoctrinaba en clase.

El sargento ya no volvió a levantar la mirada de aquellos papeles hasta completar la lectura. Parecía hechizado por lo que allí se contaba y de vez en cuando murmuraba sobre la marcha. ¿Así que es cubano? Sí, señor, hijo de emigrantes retornados. Viste elegante, ¿eh? De galán. Pero sólo debe de tener un traje, sargento, y dos pajaritas. Y nunca lleva gabán ni sombrero. ¿Sólo tiene veinticuatro años? Aparenta más, señor. A veces deja crecer la barba. Aquí dice que los mancos levantan el muñón como un puño. Debe de hablar bien el tipo este. Mejor que un cura, señor. Parece interesante esta señorita Marisa Mallo. Herbal calló.

¿Está buena o no?

Es muy guapa, sí, pero ella no tiene nada que ver.

¿Con qué?

Con las cosas de él, señor.

El sargento hojeó unos recortes de papel de prensa incorporados por Herbal al informe. "El substrátum del alma y la realidad inteligente." "Los ataúdes infantiles en los tiempos de Charles Dickens." "La pintura de Millet, las manos de las lavanderas y la invisibilidad de la mujer." "El infierno en Dante, el cuadro de *La loca Kate* y el manicomio de Conxo." "El problema del Estado, la confianza básica y el poema *A xustiza pola man* de Rosalía de Castro." "El *engrama* del paisaje y el sentimiento de morriña." "El horror que viene: la biología genética, el deseo de estar sanos y el concepto de *vidas lastre*." El sargento miró circunspecto la misma firma en todos los artículos. D. Barkowsky.

Así que Barkowsky, ¿eh? Por lo visto, dijo, tu hombre no para. Médico en la Beneficencia

Municipal. Auxiliar en la Facultad de Medicina. Y además panfletista, conferenciante, mitinero. Va del Hospital al Centro Republicano y aún tiene tiempo de llevar a la novia al cinematógrafo del Teatro Principal. Es íntimo del pintor, ese galleguista, el de los carteles. Anda con republicanos, anarquistas, socialistas, comunistas, pero ¿qué carajo es este tipo?

Creo que un poco de todo, mi sargento.

Anarquistas y comunistas se llevan a matar. El otro día, en la Fábrica de Tabacos de Coruña, casi llegan a las manos. ¡Un bicho raro, este Da Barca!

Parece que va por libre. Como un enlace.

Pues no le quites el ojo de encima. ¡Menudo pájaro!

Allí estaba, descrito con una torpeza artesanal que lo hacía más útil y fiable, todo cuanto había que saber sobre un hombre. Sus amistades, sus itinerarios habituales, los periódicos que leía, la marca de tabaco que fumaba.

El guardia Herbal conocía muy bien al doctor Da Barca, aunque éste no se lo podía ni imaginar. Le venía siguiendo las huellas desde hacía tiempo no porque se lo hubiesen mandado, sino porque le salía de dentro. Podría decirse que iba tras de él como un perro, olfateándole los pasos. Él odiaba al doctor Da Barca. No hacía mucho que se había licenciado, y ya tenía fama de ser un gran talento médico. Tanta como de revolucionario. En los mítines de los

49

pueblos hablaba gallego con acento de Cuba, donde había nacido de familia emigrante, y tenía aquella prédica especial, con el don de la mecha prendida, que ponía en pie a los tullidos y hasta los mancos levantaban el puño. Decía que había que luchar contra el mal de aire.

Mucha gente no entendía las doctrinas de los políticos, pero aquello, lo del mal de aire, sí que lo entendían. A él mismo, a Herbal, de niño, lo había cogido un aire. Se quedó de color verde, de un verde feo como de romaza, y crecía sólo a lo ancho. Llegó un momento en que andaba como un pato. Lo llevaron de curandero en curandero, hasta que uno de ellos le dijo a su padre que lo ahogase en agua de tabaco. Y así lo hizo. Él estaba convencido, por algunos precedentes que no vienen al caso, de que su padre era en verdad capaz de ahogarlo. Se reviró y le mordió en la mano. Y entonces su padre se enojó más. ¡El coño que te parió!, maldijo, y lo metió entero en el barril de mejunje. Lo tuvo allí sumergido justo hasta el momento en que vio que ya no braceaba.

Y nada más salir me cogió este color de tabaco y me puse a crecer a lo largo, todo pellejo, así como me ves.

Sí, él entendía muy bien lo que se decía en aquellos mítines del Frente Popular. Lo que se dice salir de la aldea de verdad, lo había hecho por vez primera cuando el servicio militar. Para él aquello había sido un respiro. Fuera de algunos breves permisos, sólo regresó para enterrar a sus padres. En el servicio había formado parte de las tropas que dirigía el general Franco cuando sofocó, ésta es la palabra que todos empleaban, la revolución de los mineros de Asturias en 1934. Una mujer, arrodillada ante su marido muerto, le había gritado con los ojos enrojecidos: ¡Soldado, tú también eres pueblo! Sí, pensó, es cierto. Maldito pueblo, maldita miseria. En lo sucesivo trataría de cobrar un salario por sus servicios. Se metió guardia.

El doctor Da Barca estaba en lo cierto. Enseguida le iba a llegar el mal de aire. Él fue uno de los que lo detuvieron, de hecho, quien lo redujo de un culatazo en la nuca. Daniel Da Barca era alto y de pecho bravo. Todo en él era echado para delante. La frente, la nariz judía, la boca de labios muy carnosos. Cuando se explicaba, desplegaba los brazos como alas y los dedos parecían hablar para los mudos.

Los primeros días del alzamiento anduvo huido. Sólo había que esperar a que se confiase, a que pensase que la caza amainaba. Cuando por fin se acercó a casa de su madre, se le echaron encima los cinco que formaban la patrulla y él se resistió como un jabalí. La madre gritaba como loca desde la ventana. Pero lo que más les cabreó fue cuando salieron las costureras de un taller que había enfrente. Los maldecían, les escupían, y alguna de aquellas costurerita hasta se atrevió a tirarles de la guerrera y arañarles en el cuello. El doctor Da Barca sangraba por la nariz, por la boca, por las orejas, pero no se rendía. Hasta que él, el guardia Herbal, le acertó un culatazo en la cabeza y cayó de bruces contra el suelo.

Y entonces me volví hacia las costureras y les apunté a la barriga. Y de no ser por el sargento Landesa, no sé lo que haría, porque si algo me sublevaba eran aquellas muchachas gritando por él como un coro de viudas. Lo de su madre lo entendía, pero lo de ellas me quitaba de mis casillas. Y entonces solté lo que me roía por dentro. ¿Qué carajo le veis a este cabrón? ¿Qué os da? ¡Putas, que sois todas unas putas! Y el sargento Landesa tiró de mí y me dijo: Venga, Herbal, que aún tenemos mucho trabajo.

Siete

El doctor Da Barca tenía novia. Y esa novia era la mujer más hermosa del mundo. Del mundo que Herbal había visto y, con seguridad, del que no había visto. Marisa Mallo. Él era hijo de labradores pobres. En su casa de la aldea había muy pocas cosas bonitas. La recordaba sin nostalgia, llena de humo o moscas. Como una cañería a través del tiempo, la memoria apestaba a estiércol y a gas de carburo. Todo tenía, empezando por las paredes, una pátina como de tocino rancio, un color de amarillo ennegrecido que se metía en los ojos. Por la mañana, cuando salía con las vacas, lo veía todo con esas gafas de amarillo ennegrecido. Hasta los verdes prados los veía así. Pero había dos cosas en aquella casa que él miraba como si fuesen tesoros. Una era su hermana pequeña, Beatriz, una rubita de mirar azul, siempre acatarrada y con mocos verdes. La otra era una vieja lata de membrillo en la que la madre guardaba sus joyas. Unos pendientes de azabache, un rosario, una medalla de oro venezolano tan blanda como el chocolate, un duro de plata del rey Alfonso XII que había heredado de su padre, y unos broches plateados de sujetar el pelo. Y también había un frasco con dos aspirinas y su primer diente.

Ponía el diente en la palma de la mano y le parecía un grano de centeno roído por un ratón. Pero lo realmente bonito era la vieja caja de hojalata, oxidada por las juntas. Tenía en la tapa la imagen de una moza con una fruta en la mano, con una peineta en el pelo y un vestido rojo estampado de flores blancas y con volantes en las mangas. La primera vez que vio a Marisa Mallo fue como si hubiese salido de la caja de membrillo para pasear por la feria grande de Fronteira. Habían ido a vender un cerdo y patatas tempranas. De la aldea al pueblo había que andar tres kilómetros por senderos de lama. El padre iba delante, con su sombrero de fieltro y la pequeña en los brazos, detrás la madre con el pesado cesto en la cabeza y él en el medio, tirando del puerco que iba atado con un cordel a la pata. Para su desesperación, el animal intentaba constantemente hozar en el lodo y cuando llegaron a Fronteira parecía un enorme topo. Su padre le dio una bofetada. ¿Quién va a comprar este bicho? Y allí estaba él, en la feria, limpiando la costra con un manojo de paja, cuando alzó la cabeza y la vio pasar. Destacaba como una dueña entre el ramillete de las otras chicas, que parecían acompañarla sólo para que la señalasen con el dedo y dijesen ésa es la reina. Iban y venían como bandada de mariposas, y él las seguía con la mirada, mientras su padre blasfemaba porque nadie iba a comprar aquel cerdo tan sucio, y todo por su culpa. Y él soñaba que el marrano era un cordero, y que ella se acercaba y le peinaba los rizos con sus dedos. Habría que venderte a ti, y no al cerdo, murmuraba su padre. Si es que alguien te quisiera.

Mi padre era así. Si empezaba el día maldiciendo, ya no tenía marcha atrás, como quien cava y cava un pozo de mierda bajo los pies. Y yo pensaba que sí, que ojalá viniese alguien a comprarme y me llevase atado de un cordel por la pata.

Finalmente, vendieron el puerco y las patatas tempranas. Y la madre pudo comprar una lata de aceite que tenía la imagen de una mujer que también se parecía a Marisa Mallo. Y volvieron otras muchas veces a la feria grande de Fronteira. Ya no le importaba el humor de su padre. Para él eran días de fiesta, los únicos que tenían sentido durante todo el año. Pastoreando las vacas, anhelaba que llegase el día primero de mes. Y así fue como pudo ir viendo crecer y hacerse mujer a Marisa Mallo, de las familias pudientes de la comarca, la ahijada del alcalde, la hija del notario, la hermana pequeña del señor cura párroco de Fronteira. Y, sobre todo, la nieta de don Benito Mallo. Y él nunca tuvo un cordero para ver si ella se acercaba a peinarle los rizos de lana.

Ocho

Cuando volvían en el coche de pasear al pintor, y mientras el resto de la partida compartía a morro una botella de coñac, él notó por primera vez aquel trastorno en la cabeza. Como si le hubiese entrado gente. Los falangistas habían pasado del cabreo a las carcajadas y le daban palmadas en el hombro. Bebe, coño, bebe. Pero él les dijo que no bebía. Y se tronchaban de risa. ¿Desde cuándo, Herbal? Y él respondió muy serio que desde siempre. No me va el alcohol. ¡Pero si andas siempre trompa! Déjalo, dijo el que conducía, tiene una noche rara. Hasta parece que le ha cambiado la voz.

Y ya no habló más. Había oído un disparo y quedó abatido. Por el embudo de una carretera muy recta iba pintando el Pórtico de la Gloria con un lápiz de carpintero. Y lo hacía con una destreza increíble. Podía describirlo con palabras que nunca había usado. La belleza de los ángeles portadores de los instrumentos de la Pasión, le decía la cabeza, es una belleza dolorida que muestra la melancolía por la injusta muerte del Hijo de Dios. Y cuando dibujó al profeta Daniel le salió la alegre sonrisa de la piedra y, siguiendo la dirección de su mirada, reparó en la explicación del enigma.

Por la plaza del Obradoiro, envuelta en rayos de sol, con un cesto cubierto por un paño blanco, venía Marisa Mallo con la comida.

¿Cómo fue lo de ayer, Herbal?, le preguntó sombrío el director.

Era un nazareno, señor.

Se dio cuenta de que lo miraba extrañado y recordó lo que había dicho el otro por la noche, de que le había cambiado la voz. En adelante, era mejor callar. Decir sólo monosílabos. Sí, no, señor.

Y cuando entró Marisa Mallo con la comida respondió a su saludo de buenos días con un gruñido y un gesto brusco que significaba deja ahí el cesto que voy a hacer la inspección. Y nada más levantar el paño vio aquel queso del país, envuelto en una hoja de berza. Ahí va la culata, le dijo el visor de la cabeza. Y al día siguiente ella volvió con el cesto y él vio el tambor del revólver dentro de un bizcocho, y dijo con un gesto todo bien, que pase el cesto. Al tercer día él ya sabía que dentro del pan iba el cañón. Y esperó con curiosidad la nueva entrega, la mañana en que llegó Marisa con unas ojeras que nunca le había visto, porque por fin la miró de frente, y se atrevió a desnudarla de arriba abajo, como si fuese queso, bizcocho y pan. Traigo unas truchas, dijo ella. Y él vio una bala en la panza de cada trucha, y dijo bien, ya se las pasaré, ahora vete.

Hasta entonces había evitado los ojos de Marisa Mallo. Con la cabeza gacha, le clavaba la mirada en las muñecas. Y le dolió saber que era cierto lo que se rumoreaba. Que se había cortado las venas de las muñecas cuando sus parientes, los señores de Fronteira, habían tratado por todos los medios de que se olvidase para siempre del doctor Da Barca. Marisa Mallo estaba en los huesos. Marisa Mallo llevaba como pulseras unas vendas hospitalarias. Marisa Mallo estaba dispuesta a morir por el doctor Da Barca. Y entonces él fue al cuarto de guardia y, con mucha discreción, cambió las balas por unas de otro calibre. En la oscuridad de la noche, cuando montó el revólver y trató de llenar el tambor, el doctor Da Barca supo que la operación de fuga había fracasado. Bajo la losa que había conseguido remover, para asombro de sus compañeros, escondió para siempre un revólver con balas inservibles.

No muchas noches después los de la saca vinieron por él. Había gente de Fronteira que lo conocía bien y le tenía muchas ganas. En la partida venía también un estudiante de medicina fracasado. Pero Herbal no los dejó entrar en las celdas. La voz de la cabeza dictaba como un apuntador. Diles que ya no está aquí, que casualmente lo han llevado para Coruña esta tarde. Qué casualidad. Ese que buscáis, dijo él, ha sido conducido hoy para Coruña con un proceso sumarísimo. No le arriendo la ganancia. Y como los otros venían a tiro fijo, con la encomienda de algún mandamás, se llevó la mano al gañote. Van a dar un escarmiento público con un cartel bien escogido. En dos o tres días los despachan

59

en el Campo da Rata, marchad tranquilos, y ¡Arriba España!

Algo de cierto había en el invento, porque en los últimos días se estaban multiplicando los traslados urgentes a la cárcel de Coruña. Y aquella noche el guardia Herbal entró en el despacho del director y rebuscó entre los papeles hasta encontrar los partes de traslado. Para el día siguiente estaba previsto el de los tres maestros. El difunto le dijo: Coge la orden, ahora la pluma del director y escribe en ese espacio en blanco el nombre entero de Da Barca. No te preocupes, yo te ayudo con la caligrafía.

Y cuando al día siguiente el doctor Da Barca se cruzó con él en la puerta, camino de su nuevo destino, con las esposas puestas y llevando como única pertenencia el maletín que había usado de médico, notó que le clavaba su severa mirada, ojos que decían no me olvidaré de ti, asesino del pintor, que tengas una larga vida para que crezca en ti el virus del remordimiento y te pudras en vida. Cuando llegó Marisa Mallo, a la hora de visita, le dijo que él ya no estaba allí, ese por quien pregunta no figura, sin más explicaciones, con la mayor frialdad, como si el referido fuese un total extraño, un desaparecido en el tiempo. Y todo porque quería ver cómo podía ser de triste la mujer más hermosa. Por ver cómo nacen las lágrimas de un manantial inaccesible. Y pasados unos segundos eternos, como quien atrapa por el aire una finísima porcelana, a punto de hacerse añicos, añadió: Está en Coruña. Vivo.

Aquel mismo día fue a ver al sargento Landesa. Mi sargento, quisiera pedirle un favor muy personal. Dígame, Herbal. El sargento Landesa le tenía aprecio. Siempre había cumplido lo ordenado sin darle vueltas. Se entendían bien. Los dos habían pisado las espinas del tojo cuando niños. Pues mire, mi sargento, quería que me arreglase el traslado para Coruña. Mi hermana vive allí, el marido le pega y me va a dar pensión para que lo mantenga a raya. Eso está hecho, Herbal, y déle una patada en los cojones de mi parte. Y le firmó un papel, y le puso un cuño porque por alguna razón el sargento Landesa mandaba más de lo que podría indicar su rango. A continuación, fue a ver al oficial encargado de aprobar los traslados dentro del cuerpo. Era un hombre suspicaz, de esos que entienden que su trabajo de poner chinas en los zapatos es una misión trascendental. Cuando le expuso su interés por ser trasladado a la cárcel de Coruña, el oficial lo interrumpió, se levantó de su silla de despacho y le lanzó un encendido discurso. Libramos una guerra implacable contra el mal, de nuestra victoria depende la salvación de la cristiandad, miles de hombres se juegan el pellejo a esta hora en las trincheras. Mientras tanto, ¿qué hacemos nosotros? Tramitar solicitudes. Mariconadas. Voluntarios, voluntarios para luchar por Dios y por la patria, eso quisiera yo tener aquí, en fila, a la puerta de mi despacho. Y entonces él extendió el papel firmado por el sargento Landesa y el oficial se puso pálido. ¿Por qué carajo no me dijo antes que era del servicio de información? Y el pintor le susurró, como si se divirtiese con lo sucedido: Dile que tu misión no es echar discursos. Pero calló. Preséntese mañana mismo en su nuevo destino. Y olvide lo dicho. El combate principal se libra en la retaguardia.

Nueve

En la cárcel de Coruña había cientos de presos. Todo parecía funcionar de forma organizada, más industrial. Incluso las sacas nocturnas. Los solían llevar a morir muy cerca, al Campo da Rata, a la orilla del mar. Durante las descargas, las aspas de luz del Faro de Hércules hacían resplandecer a los fusilados que llevaban camisa blanca. El mar mugía en los cantiles de Punta Herminia a San Amaro como una vaca enloquecida en las ventanas de los comederos vacíos. Después de cada descarga había un silencio de lamento humano. Hasta que recomenzaba la letanía de la vaca enloquecida.

Entre las diversiones de los paseadores nocturnos figuraba la de la muerte aplazada. A veces, entre los prisioneros escogidos para ser asesinados, sobrevivía alguno al que le tocaba una bala de fogueo. Y esa suerte, esa vida por azar, hacía todo más dramático, antes y después. Antes, porque una mínima y caprichosa esperanza perturbaba como guijarros en el camino la compasión de los que iban en la cordada. Y después, porque el que volvía certificaba el horror con el espanto de sus ojos.

Un día de primeros de septiembre, hacia el atardecer, solitario en una torreta de vigía, mientras seguía el vuelo de un cuervo marino, la voz del pintor le dijo: Procura ir voluntario esta noche. Y él, sin miedo de que alguien pudiese escucharlo, respondió enojado: No me jodas. Venga, Herbal, ¿vas a dejarlo ahora? No me jodas más, pintor, ¿te das cuenta de cómo me mira? Es como si me espetase dos jeringas en los ojos. Cuando Marisa viene a verlo, piensa que es cosa mía que me ponga justo en el medio a escuchar lo que dicen y no dejar que se toquen ni la punta de los dedos. ¡Ese tipo no sabe lo que son las ordenanzas! Hombre, le dijo el pintor, podías hacerte un poco el ciego. Ya lo hice, sabes que ya lo hice, dejé que se tocasen con la punta de los dedos.

¿Y qué se decían?, preguntó Maria da Visitação, cuando juntaban las manos por la punta de los dedos.

Había mucho ruido. Eran tantos los presos y las visitas que ni a gritos se entendían. Se decían esas cosas que dicen los enamorados, pero más raras.

Él dijo que, cuando saliese en libertad, iría a Porto, al mercado del Belhão, para comprarle un saquito de habas de colores de esas que llaman maravillas.

Ella dijo que le regalaría un saquito con horas. Que sabía de un feriante de Valença que vendía horas de tiempo perdido.

Él dijo que tendrían una niña y que les saldría poeta.

Ella dijo que había soñado que ya hacía años que habían tenido un niño, que había huido en un barco y que era violinista en América.

Y yo pensé que no eran oficios de provecho para los tiempos que corrían.

Y Herbal pasó aquella noche al acecho para meterse voluntario con los paseadores cuando llegase la hora de la saca. Porque eso sí que era curioso. Sin ningún aviso, como si fuese cosa de la luna, todo el mundo sabía cuándo era noche de sangre. Y en el pelotón de fusilamiento, ante el doctor Da Barca, aparentó más indiferencia que nunca, como si fuese la primera vez que lo veía. Pero después, cuando apuntó, recordó a su tío el trampero y dijo con la mirada: Preferiría no hacerlo, amigo. Los presos, educados en el martirio, intentaban mantenerse erguidos sobre las montañas de basura del Campo da Rata, pero la fuerte brisa marina los hacía flamear como ropa tendida en el cable de un barco. El que disparaba de primero, abriendo la veda, aguardó a que pasase un aspa de luz y viniese un intervalo mayor de oscuridad. Fue como si disparasen contra el viento. Un poco más y una ráfaga de nordeste les echa los muertos encima.

El doctor Da Barca continuaba erguido.

Llévatelo, murmuró apremiante el pintor. ¡Záfate!

¡Éste me lo llevo de vuelta!, dijo Herbal. Y arrancó raudo con él como cazador que sostiene por las alas un pichón vivo.

Quien regresaba del viaje a la muerte pasaba a formar parte de un orden distinto de la existencia. A veces perdía la cordura y el habla por el camino. Para los propios paseadores se convertía en una especie de ser invisible, inmune, que había que ignorar por un tiempo hasta que recuperase su naturaleza mortal.

Pero al doctor Da Barca lo fueron a buscar de nuevo a los pocos días.

¡Despierta, los cerrojos!, alertó el pintor, sacudiendo a Herbal por la oreja. No, no, esta vez no, le dijo el guardia a la voz. Se acabó. Déjame en paz. Si tiene que morir, que muera de una puñetera vez. Escucha. ¿Te vas a echar atrás ahora? Tú no corres ningún riesgo, dijo el pintor. ¿Que no?, respondió Herbal a punto de gritar. Me voy a volver loco, ¿te parece poco? No está mal para estos tiempos, dijo lacónico el pintor.

Los guardias de la puerta principal le habían franqueado el paso de la prisión a un grupo de paseadores, gente para él desconocida, excepto uno que le hizo estremecerse, a él, tan acostumbrado a todo. Un sacerdote al que había visto alzar el cáliz en una ceremonia oficial y que ahora llevaba camisa azul y pistola al cinto. Recorrieron pasillos y celdas, cosechando los hombres de una lista. ¿Estamos? ¡Falta uno! Daniel Da Barca. El silencio acobijado del velatorio. La linterna enfocó un bulto. Dombodán. Herbal que dice: Debe de ser ése.

Pero entonces, la voz decidida del fantasma: ¿A quién buscan?

¡A Daniel Da Barca!

Ése soy yo, aquí me tienen.

Y ahora, ¿qué?, duda, confundido, Herbal. Vete con ellos, bobo, le ordena el pintor.

Se corrió la voz por las celdas. Por segunda vez, llevaban en la saca al doctor Da Barca. Como si se hubiese llegado al límite de la fatalidad, la prisión vomitaba todos los gritos de desesperación y rabia acumulados en aquel verano interminable de 1936. Y las cañerías, las rejas, las paredes. Una percusión feroz, contagiada entre hombres y cosas.

Por el camino, a la orilla de la playa de San Amaro, Herbal que dice: Éste me toca a mí. Asunto personal.

Arrastró al doctor Da Barca hasta el arenal. Lo tumbó de rodillas, de un puñetazo en el vientre. Lo agarró por los cabellos: Abre la boca, hostia. El cañón contra los dientes. Mejor que no me los rompa, pensó el doctor. Le metió el cañón. La uña de la muerte hurgando el paladar. En el último momento, bajó la trayectoria.

Un maricón menos, dijo.

Por la mañana lo recogieron unas lavanderas. Le limpiaron las heridas con agua de mar. Unos soldados las sorprendieron. ¿De dónde ha salido éste? ¿De dónde iba a salir? De esa prisión, como los otros. Y señalaron a los muertos. ¿Qué vais a hacer con él?, preguntaron ellas. Pues llevarlo allí de nuevo, ¿qué queréis que hagamos? ¿Que nos capen?

¡Pobre hombre! ¿Es que hay un Dios en el cielo?

El doctor Da Barca tenía una herida limpia. La bala había salido por el cuello sin afectar ningún órgano vital. Ha perdido mucha sangre, dijo el doctor Soláns, pero con un poco de suerte se recuperará.

¡Virgen Santísima! Casi creería que esto es un milagro, un mensaje. Incluso en el infierno hay ciertas reglas, observó el capellán de la prisión. Que esperen por el consejo de guerra. Podrán fusilarlo como Dios manda.

Conversaban en el despacho de dirección. El jefe también se sentía inquieto: No sé qué pasa por ahí arriba, están muy nerviosos. Dicen que ese doctor Da Barca debería estar muerto hace tiempo, de los primeros, desde que comenzó el Movimiento. No quieren que llegue al juicio. Por lo visto, tiene doble nacionalidad y podría armarse una buena.

Se acercó a la ventana del despacho. A lo lejos, cerca de la Torre de Hércules, un cantero cincelaba cruces de piedra. Quieren quitarlo de la circulación como sea. Por cierto, tiene una novia que es una real hembra. Una belleza, créanme. En fin. Los muertos que no mueren son un fastidio.

Este hombre está vivo, dijo con una extraña firmeza el doctor Soláns. He hecho un juramento y pienso cumplirlo. En este momento su salud depende de mí.

Durante los días de cura, el doctor Soláns hizo guardia en la enfermería. Por la noche, cerraba por dentro. Cuando el doctor Da Barca pudo hablar, encontraron una querencia común: *La patología general* del doctor Nóvoa Santos.

A propósito, páter, dijo el director, animado por las confidencias, ¿qué piensan ustedes del caso de Dombodán, ese al que llaman El Niño?

Pensar, ¿por qué?, dijo el padre.

Está condenado a muerte. Pero todos sabemos que era el tonto del pueblo. Un retrasado mental.

Diez

En la prisión, la mejor prueba de amistad era ayudar al despioje. Como madres a hijos.

Era imposible conseguir jabón y la ropa se lavaba sólo con agua, muy escasa. Había que quitar con mano paciente los parásitos y las ladillas. La segunda fauna más abundante en la cárcel eran las ratas. Familiarizadas. Recorriendo por la noche los bultos de los sueños. ¿Qué carajo comían? Los sueños, decía el doctor Da Barca. Roen nuestros sueños. Las ratas se alimentan por igual del submundo y del sobremundo.

En la cárcel había también un grillo. Lo había encontrado Dombodán en el patio. Le hizo una casita de cartón con la puerta siempre abierta. Cantaba noche y día en la mesilla de la enfermería.

Cuando se recuperó, el doctor Da Barca fue sometido a consejo de guerra y condenado a muerte. Se le consideraba uno de los dirigentes del Frente Popular, coalición política de la "Anti-España", propagandista del Estatuto de Autonomía de Galicia, de tendencia "separatista", y uno de los cerebros del "comité revolucionario" que organizó la resistencia contra el "glorioso Movimiento" de 1936.

Durante meses, se libró una tensa partida en los despachos del nuevo poder. El caso del doctor Da Barca había trascendido al exterior y se había desatado una campaña internacional para conseguir su indulto. No es que el bando alzado fuese muy sensible a este tipo de llamamientos, pero en este caso concurría una circunstancia que complicaba la ejecución de la sentencia. Como nacido en Cuba, el reo tenía doble nacionalidad. El gobierno de aquel país era aliado de Franco, pero toda la prensa pedía clemencia en grandes titulares. Incluso la opinión más conservadora simpatizaba con tintes emotivos con la historia de aquel hombre que había eludido con milagrosa terquedad las garras de la muerte. En la impaciencia de la espera, y como si una radiofonía secreta atravesase el Atlántico, las crónicas iban desgranando pormenores del juicio, subrayando la gallardía del joven galeno frente a un tribunal de hombres de armas. La versión más repetida decía que concluyó su discurso con unos versos que estremecieron a la sala.

¡Ésta es España! Atónita y maltrecha
bajo el peso brutal de su infortunio.

Hubo también quien le atribuyó como broche del alegato, en una pincelada probablemente apócrifa pero bien intencionada, dado el conocido talante colorista del autor de la crónica, una oportuna invocación a José Martí.

72

Y para el cruel que me arranca
el corazón con que vivo,
cardo ni ortiga cultivo:
Cultivo una rosa blanca.

Después se comentó que si él había pronun-
ciado unos versos y había sido interrumpido sable
en mano, pero yo estaba allí y no fue así, le contó
Herbal a Maria da Visitação. El doctor Da Barca
no echó ninguna copla. Puesto en pie, habló todo
el tiempo en tono muy pausado, como si estuviese
aguantando una cometa, lo que ya de por sí inco-
modó al tribunal, que concedía la palabra por pu-
ro formulismo y como quien dice con un pie fuera
de la sala. Al principio, expuso algo referido a la
justicia que a mí me pareció un trampitán* pero de
lo que se entendía la intención. Y luego habló
de los limones y de Dombodán. Este Dombodán
era un muchachote grandón, bueno como el pan y
un poquito atrasado, de esos que por aquí llamamos inocentes, al que detuvieron con unos mineros de Lousame que iban con dinamita a defender
Coruña. Se subió al camión, y ellos le dejaron ir
porque Dombodán iba siempre a donde iban los
mineros, como una mascota. Esperaba en capilla
su ejecución. Ni siquiera entendía que lo iban
a matar. De sí mismo, el doctor Da Barca no dijo

* Lenguaje inventado por un curioso personaje, Juan de la
Coba, para su uso particular en sus pintorescas obras dra-
máticas. Por extensión, «jerga ininteligible». *(N. de la T.)*

nada y yo creo que eso fue lo que más cabreó al tribunal. Además, ya era hora de comer.

Señores del tribunal, habría dicho el doctor Da Barca, si es que pudiéramos oírlo, la justicia pertenece al campo de las fuerzas del alma. Y por eso puede brotar en los lugares menos propicios, pues cuando la llamamos, allí acude, a veces con la venda en los ojos pero atenta de oído, desde no se sabe muy bien dónde, como una cosa anterior a jueces y acusados, incluso a las propias leyes escritas. Vaya al grano, dijo con severidad el presidente del tribunal, esto no es un ateneo. De acuerdo, señor. En la época de las grandes navegaciones marítimas, la principal causa de mortalidad era el escorbuto. Más que los naufragios y las refriegas navales. Por eso se le llamó el *mal del marinero*. Durante aquellos largos viajes, de cada cien volvían veinte vivos. A mediados del siglo XVIII, el capitán James Cook incorporó un barril de zumo de limón al suministro de a bordo y descubrió que... Le voy a retirar la palabra. Se trata de mi testamento, señor. Pues abrevie, no creo que sea usted tan viejo como para remontarnos a Cristóbal Colón. Bastaría, señores, con una pequeña provisión de limones para evitar penalidades no dictadas por ningún tribunal. Lo he estado pidiendo por diversos conductos, y también vendas y yodo, porque la enfermería... ¿Ya ha acabado? Por lo que a mí respecta, señor, y dejando a un lado el pudor, quisiera exponer un atenuante. Aprovechando estas vacaciones imprevistas de mi encarcelamiento, me he estado analizando hasta descubrir, no sin sorpresa por mi parte, una anomalía psíquica. En cuestión de salud, ni siquiera los médicos nos podemos engañar a nosotros mismos. Mi caso podría ser descrito como un retraso mental leve pero crónico, producto quizá de un parto accidentado, o de una alimentación deficiente en mi niñez. Algunas personas en esta misma situación, pero más desasistidas emocionalmente, fueron confundidas con una especie de locos e internados en el manicomio de Conxo. A mí me acogió la comunidad, me dio cobijo, me encargó trabajos de una infancia eterna, como ir por agua a la fuente o por pan al horno, o también aquellos que exigían la fuerza motriz que se escondía bajo mi mansedumbre, como acarrear leña para el fuego, o piedras para una cerca, o incluso un ternero en brazos. Y, en pago, con sutil sabiduría, el pueblo me llamó inocente en vez de tonto. Y los mineros me aceptaron como amigo. Me invitaban en la taberna, me llevaban a las verbenas, y bebía y bailaba como si yo mismo fuese el más bravo del tajo. A donde iban ellos, allí iba yo. Y nunca me llamaron tonto. Eso soy yo, señores del tribunal, un inocente. Dombodán, O'Neno.

El nombre de Dombodán retumbó como un artefacto en las tripas de la sala. El presidente del tribunal se puso en pie desencajado y mandó callar al doctor Da Barca echando mano del sable. Basta ya de teatro. Se levanta el juicio. Visto para sentencia. De buena gana le darían el réquiem allí mismo.

Once

Por esta vez, la campaña internacional surtió efecto. En el último momento. A petición del gobierno de Cuba, al doctor Da Barca le conmutaron la pena de muerte por una de cadena perpetua.

Él, con aquella manera suya de ser que tenía, se había hecho, como quien dice, socorro de la prisión, le contó Herbal a Maria da Visitação. Era como un curandero de esos que curan las verrugas a distancia sólo con una copla. Incluso cuando estuvo con un pie aquí y otro allá, a la espera de ser ejecutado, se dedicaba a darle ánimos a todo el mundo.

Los presos políticos funcionaban como una especie de comuna. Personas que no se hablaban en la calle, que se tenían verdadero odio, como los anarquistas y los comunistas, se ayudaban dentro de la cárcel. Llegaron a editar juntos una hoja clandestina que se llamaba *Bungalow*.

Los viejos republicanos, algunos veteranos galleguistas de la Cova Céltica[*] y de las Irmandades

---

[*] Tertulia que reunía a los regionalistas coruñeses, a finales del XIX, en la que se forjó la idea del origen celta del pueblo gallego. *(N. de la T.)*

da Fala*, con su aire de antiguos caballeros de la Tabla Redonda, que incluso comulgaban en misa, hacían las veces de consejo de ancianos para resolver conflictos y querellas entre los internos. Se había acabado el tiempo de las sacas sin juicio. Los paseadores seguían haciendo fuera el trabajo sucio, pero los militares habían decidido que también en las calderas del infierno debía imperar una cierta disciplina. Los fusilamientos continuaron previo trámite de consejo de guerra sumarísimo.

Con aquella administración paralela, los presos habían ido mejorando en lo posible la vida en la cárcel. Emprendieron por su cuenta medidas de higiene y reparto alimentario. Superpuesto al horario oficial, había un calendario no escrito que era el que verdaderamente regía las rutinas diarias. Se distribuyeron las tareas con tal organización y eficiencia que muchos presos comunes acudían a ellos en demanda de ayuda. Tras las rejas, había un gobierno en la sombra, nunca mejor dicho, un parlamento asambleario y unos jueces de paz. Y también una escuela de humanidades, un estanco de tabaco, un fondo común que hacía de mutua y un hospital.

El hospital de los presos era el doctor Da Barca.

En la enfermería había algún personal más, le contó Herbal a Maria da Visitação, pero

---

* Asociaciones fundadas en 1916 con el objetivo de promover el cultivo de la lengua gallega; su actividad fue determinante para el desarrollo del galleguismo posterior. *(N. de la T.)*

era él quien llevaba el peso de todo. Incluso el médico oficial, el doctor Soláns, cuando venía de visita, atendía sus instrucciones como si fuese un auxiliar accidental. Este Soláns apenas abría la boca. Todos sabíamos que se metía alguna droga. Se notaba que la cárcel le daba asco, aunque él estaba fuera. Parecía siempre ido, estupefacto ante el lugar en el mundo en el que le había tocado caer con una bata blanca. Pero el doctor Da Barca trataba a todos los presos por su nombre, y sabía su historia, fuesen políticos o comunes, sin necesidad de ficheros. No sé cómo lo hacía. Le corría más la cabeza que el almanaque.

Un día apareció en la enfermería un enviado de la inspección médica militar. Mandó pasar consulta en su presencia. El doctor Soláns estaba nervioso, como si se sintiese vigilado. Y el doctor Da Barca se colocó en un segundo plano, pidiéndole consejo, dándole la iniciativa. De repente, al inclinarse para tomar asiento, el inspector hizo un gesto extraño y le cayó una pistola de la sobaquera. Nosotros estábamos allí para vigilar a un preso considerado peligroso, el Gengis Khan, que había sido boxeador y luchador y al que, como andaba algo tocado de la cabeza, le daban una especie de prontos. Lo encarcelaron porque había matado a un hombre sin querer. Sólo por meterle un susto. Fue durante una exhibición de lucha libre. Desde que empezó el combate entre Gengis Khan y uno que llamaban el Toro de Lalín, el hombrecito aquel, sentado en primera fila, estuvo todo el tiempo gritando que había tongo. ¡Tongo, tongo! Gengis Khan sangraba por la nariz, tenía esa habilidad, pero aun así el antipático aquel no se dio por satisfecho, como si lo aparatoso de la herida confirmase sus sospechas de combate amañado. Y entonces Gengis Khan tuvo uno de sus prontos. Levantó en vilo al Toro de Lalín, un saco de hombre de 130 kilos, y lo arrojó con todas sus fuerzas encima del hombrecito que gritaba tongo y que ya nunca más se sentiría estafado.

El caso es que, en la enfermería, todos miramos para aquella pistola como si fuese una rata muerta. Y el doctor Da Barca dijo tranquilamente: Se le ha caído al suelo el corazón, colega. Hasta el grandullón aquel que habíamos llevado esposado, el Gengis Khan, quedó impresionado. Después lanzó una carcajada y dijo: ¡Sí, señor, un tipo con tres cojones! Y desde entonces le tuvo tanta ley al doctor Da Barca que en las horas de patio andaba siempre junto a él como si le guardase las espaldas, y lo acompañaba a las clases de latín que daba el viejo Carré, el de las Irmandades da Fala. Gengis Khan empezó a utilizar expresiones muy chuscas. Decía de cualquier asunto que no era *pataca minuta** y también, cuando las cosas se torcían, vamos de *caspa caída*. Desde entonces, Gengis Khan fue conocido por Pataquiña. Medía

---

* Error derivado de la locución latina *peccata minuta*, confundida con *pataca*, en gallego "patata". (*N. de la T.*)

dos metros, aunque cargaba algo de hombros, y llevaba botas abiertas por la punta por donde le asomaban los dedos como raíces de roble.

Y en la cárcel los presos organizaron también una orquesta. Había entre ellos varios músicos, buenos músicos, los mejores de las Mariñas, que durante la República había sido zona de muchos bailes. La mayoría eran anarquistas y les gustaban los boleros románticos, con la melancolía del relámpago luminoso. No había instrumentos, pero tocaban con el viento y con las manos. El trombón, el saxo, la trompeta. Cada uno reconstruía su instrumento en el aire. La percusión era auténtica. Uno al que le llamaban Barbarito era capaz de hacer jazz con un orinal. Habían discutido si llamarla Orquesta Ritz u Orquesta Palace, pero al final se impuso el nombre de Cinco Estrellas. Cantaba Pepe Sánchez. Lo habían detenido con varias docenas de huidos en las bodegas de un pesquero, a punto de salir hacia Francia. Sánchez tenía el don de la voz, y cuando cantaba en el patio, los presos miraban hacia la línea de la ciudad recortada en lo alto, porque la prisión estaba en una hondonada entre el faro y la ciudad, como diciendo no sabéis lo que os perdéis. En ese momento, cualquiera de ellos pagaría por estar allí. En la garita, Herbal dejaba el fusil, se apoyaba en la almohada de piedra y cerraba los ojos como el bedel de un teatro de ópera.

Había una leyenda en torno a Pepe Sánchez. En vísperas de las elecciones de 1936, cuando ya se intuía la victoria de las izquierdas, proliferaron en Galicia las llamadas Misiones. Eran predicaciones al aire libre, dirigidas sobre todo a las mujeres campesinas, entre las que los reaccionarios cosechaban más votos. Los sermones eran apocalípticos. Vaticinaban plagas terribles. Hombres y mujeres fornicarían como animales. Los revolucionarios separarían a los hijos de sus madres en cuanto saliesen de sus vientres para educarlos en el ateísmo. Se llevarían las vacas sin pagar un duro. Y sacarían en procesión a Lenin o a Bakunin en vez de a la Virgen María o al Santo Cristo. En la parroquia de Celas se convocó una de estas misiones, y un grupo de anarquistas decidió reventarla. Se hizo un sorteo y le tocó a Pepe Sánchez. El plan era el siguente: Debía ir en burro, con el hábito de dominico, e irrumpir como un poseído en medio de la prédica. Sánchez sabía lo que podía llegar a hacer una muchedumbre estafada, y el día del suceso desayunó con un cuartillo de aguardiente. Cuando se presentó en el lugar, montado en el burro y gritando "¡Viva Cristo Rey, abajo Manuel Azaña!" y cosas por el estilo, los frailes predicadores aún no habían aparecido, retrasados por no se sabe qué. Así que la multitud lo tomó por verdadero y lo fue guiando, sin él quererlo, hacia el púlpito improvisado. Y entonces Pepe Sánchez no tuvo más remedio que tomar la palabra. Que en el mundo no había nadie suficientemente bueno como para mandar sobre otro sin su consentimiento. Que la unión entre hombre y mujer tenía que ser libre, sin más anillo ni argolla que el amor y la responsabilidad. Que. Que. Que quien roba a un ladrón tiene cien años de perdón y que parva es la oveja que se confiesa con el lobo. Era un tipo guapo. Y el vendaval agitándole el hábito y las románticas guedejas le daban un magnífico aire de profeta. Después de unos murmullos iniciales, se hizo el silencio y gran parte de los congregados, sobre todo las muchachas, asentían y lo miraban con devoción. Y entonces Pepe, ya desenfrenado, como si estuviese en el palco de una verbena, cantó aquel bolero que tanto le gustaba.

> *En el tronco de un árbol una niña*
> *grabó su nombre henchida de placer,*
> *y el árbol conmovido allá en su seno*
> *a la niña una flor dejó caer.*

Aquella misión fue un éxito.

A Pepe Sánchez lo fusilaron un amanecer lluvioso de otoño del 38. La víspera, las palabras desaparecieron de la prisión. Lo que quedaba de ellas eran despojos en el chillido de las gaviotas. El lamento de un pasador en la garganta del cerrojo. Las boqueadas de los sumideros. Y entonces Pepe se puso a cantar. Cantó toda la noche acompañado desde sus celdas por los músicos de la Orquesta Cinco Estrellas, con sus instrumentos de aire. Cuando se lo llevaban, con el cura detrás murmurando una oración, aún tuvo humor para gritar por el pasillo: ¡Vamos a tomar el cielo! ¡Yo bien puedo entrar por el ojo de la aguja! Y es que era esbelto como un sauce.

No, en aquella ocasión no hubo voluntarios para el pelotón, le dijo Herbal a Maria da Visitação.

Doce

Por dos veces el doctor Da Barca venció a la muerte. Y por dos veces pareció que la muerte lo vencía, que lo arrinconaba y lo arrojaba a la colchoneta de la celda.

Fue a causa de los fusilamientos de Dombodán y Pepe Sánchez.

Siempre andaba animoso, pero se derrumbó en dos momentos, le contó Herbal a Maria da Visitação. Cuando murieron O'Neno y el cantante. Entonces permaneció varios días tirado en la colchoneta, en un largo sueño, como si se hubiese metido un tonel de valeriana en el cuerpo.

En la última ocasión, Gengis Khan permaneció en vigilia a su lado.

Cuando despertó, le dijo: ¿Qué haces aquí, patatita?

Quitarle los piojos, doctor. Y apartar las ratas.

¿Tanto he dormido?

Tres días y tres noches.

Gracias, Gengis. Te voy a invitar a comer.

Y es que tenía, le contó Herbal a Maria da Visitação, el poder de la mirada.

A la hora del almuerzo, en el comedor, el doctor Da Barca y Gengis Khan se sentaron frente a frente y todos los presos fueron asombrados testigos de aquel banquete.

De entrante vas a tomar un cóctel de marisco. Langosta con salsa rosa sobre un cogollo de lechuga del valle de Barcia.

¿Y para beber?, preguntó Gengis Khan con incredulidad.

Para beber, dijo muy serio el doctor Da Barca, un blanco del Rosal.

Lo miraba fijamente, atrapándolo en la claraboya de los ojos, y algo estaba pasando porque Gengis Khan dejó de reír, vaciló por un instante, como si estuviese en un alto y le diese vértigo, y después quedó pasmado. El doctor Da Barca se levantó, rodeó la mesa y le cerró suavemente los párpados, como si fuesen cortinas de encaje.

¿Está bueno el cóctel?

Gengis Khan asintió con la boca llena.

¿Y el vino?

En el pun, en el punto, balbuceó en éxtasis.

Pues ve despacio.

Más tarde, cuando el doctor Da Barca le sirvió de segundo un redondo de ternera con puré de manzana, regado con un tinto de Amandi, a Gengis Khan le fue cambiando el color. Aquel gigante pálido y magro tenía ahora el brillo colorado de un abad goloso. Sonreía en él una abundancia campesina y mensajera, una dulce revancha contra el tiempo que contagió a todos los presentes. Había en aquel comedor un silencio de lengua en el paladar y ojos de fábula, que silenció el revolver de las cucharas en el rancho, una sopa indescifrable a la que llamaban agua de lavar carne.

Ahora, Gengis, dijo solemne el doctor Da Barca, el postre prometido.

¡Un tocinillo de cielo!, gritó con ansia irreprimible un espontáneo.

¡Milhojas!

¡Tarta de Santiago!

Una nube de azúcar en polvo atravesó el oscuro comedor. De la corriente fría de las puertas salía nata a borbotones. La miel escurría por las paredes desconchadas.

El doctor pidió silencio con un gesto de sus manos.

¡Las castañas, Gengis!, dijo por fin. Y siguió un murmullo de desconcierto porque aquél era un postre de pobres.

Mira, Gengis, castañas del Caurel, del país de los bosques, hervidas en nébeda y anís. Eres niño, Gengis, los perros del viento aúllan, la noche temblequea en el candil y los mayores andan encorvados por el peso del invierno. Pero aparece tu madre, Gengis, y posa en el centro de la mesa la fuente de las castañas hervidas, criaturas envueltas en trapos calientes, una vaharada animal que reblandece los huesos. Es el incienso de la tierra, Gengis, ¿a que lo notas?

Pues claro que lo notaba. El vaho del hechizo prendió en sus sentidos como hiedra, le picó en los ojos y le hizo llorar.

Y ahora, Gengis, dijo el doctor Da Barca cambiando de tono como un comediante, vamos a bañar esas castañas con crema de chocolate. A la usanza francesa, sí, señor.

Todo el mundo aprobó esa delicadeza.

En el parte de incidencias del comedor, el director de la prisión leyó: "Los internos rechazaron tomar la comida del día, sin manifestar ningún signo de protesta ni explicar los motivos de esta actitud. La retirada del comedor tuvo lugar sin incidentes que reseñar".

¿A que tiene cara de mejor salud?, dijo el doctor Da Barca. Es cierto eso que dice el refranero, que de ilusión también se vive. Es la ilusión, que le hace subir la glucosa.

Gengis Khan salió de la hipnosis despertado por su propio eructo de placer.

Trece

A veces, el difunto descabalgaba de la montura de la oreja, se le iba de la cabeza y tardaba en volver. Andará por ahí, en busca de su hijo, pensaba el guardia Herbal con algo de nostalgia, porque al fin y al cabo el pintor le daba conversación en las horas de vigilia, en las noches de imaginaria. Y le enseñaba cosas. Por ejemplo, que lo más difícil de pintar era la nieve. Y el mar, y los campos. Las amplias superficies de apariencia monocolor. Los esquimales, le dijo el pintor, distinguen hasta cuarenta colores en la nieve, cuarenta clases de blancura. Por eso, los que mejor pintan el mar, los campos y la nieve son los niños. Porque la nieve puede ser verde y el campo blanquear como las canas de un anciano campesino.

¿Usted ha pintado la nieve alguna vez?

Sí, pero fue para el teatro. Una escenografía de hombres lobo. Si pones un lobo en el medio, todo es mucho más fácil. Un lobo negro, como un tizón vivo a lo lejos, y como mucho un haya desnuda pintados sobre una sábana. Alguien que diga, nieve, y ya está. Qué maravilla, el teatro.

Me resulta raro eso que dice, dijo el guardia rascándose la barba rala con el punto de mira del fusil.

¿Por qué?

Pensé que para usted, como pintor, eran más importantes las imágenes que las palabras.

Lo importante es ver, eso es lo importante. De hecho, añadió el pintor, se dice que Homero, el primer escritor, era ciego.

Eso querrá decir, comentó el guardia con algo de sorna, que tenía muy buena vista.

Sí, exacto. Eso quiere decir.

Ambos callaron atraídos por la tramoya del crepúsculo. El sol discurría tras el monte de San Pedro hacia un muelle de exilio. Al otro lado de la ensenada, las primeras acuarelas del faro hacían más intensa la balada del mar.

Poco antes de morir, dijo el pintor, y lo dijo como si el hecho de haber muerto fuese algo ajeno a ambos, pinté esta misma estampa, lo que estamos viendo. Fue para la escenografía del *Canto mariñán* de la Coral Ruada, en el Teatro Rosalía de Castro.

Me gustaría haberlo visto, dijo el guardia con sentida cortesía.

No era nada del otro mundo. Lo que sugería el mar era el faro, la Torre de Hércules. El mar era la penumbra. Yo no quería pintarlo. Quería que se oyese, como una letanía. Pintarlo es imposible. Un pintor cabal, cuanto más realista quiera ser, sabe que el mar no se puede llevar a un lienzo. Hubo un pintor, un inglés, se llamaba Turner, que lo hizo muy bien. La imagen más impresionante que existe del mar es su naufragio de un barco de negreros. Allí se escucha el mar. Es el grito de los esclavos, esclavos que quizá no conociesen del mar más que el vaivén en las bodegas. A mí me gustaría pintar el mar desde dentro, pero no como un ahogado sino con escafandra. Bajar con lienzo, pinceles y todo, como dicen que hizo un pintor japonés.

Tengo un amigo que quizá lo haga, añadió con una sonrisa nostálgica. Si antes no se ahoga en vino. Se llama Lugrís.

La del crepúsculo era, por alguna razón, la hora preferida por el pintor para visitar la cabeza del guardia Herbal. Se le posaba en la oreja con firme suavidad, a horcajadas, como el lápiz del carpintero.

Cuando sentía el lápiz, cuando hablaban de esas cosas, de los colores de la nieve, de la guadaña del pincel en el silencio verde de los prados, del pintor submarino, de la linterna de un ferroviario abriéndose paso en la niebla de la noche o de la fosforescencia de las luciérnagas, el guardia Herbal notaba que le desaparecían los ahogos como por ensalmo, el burbujear de los pulmones como un fuelle empapado, los delirios de sudor frío que seguían a la pesadilla de un tiro en la sien. El guardia Herbal se sentía bien siendo lo que en ese instante era, un hombre olvidado en la garita. Conseguía por fin acompasar su corazón al cincel del cantero. Latía con la rutina de un servicio mínimo. Su pensamiento era el proyector luminoso de un cinematógrafo. Como cuando, de niño pastor, su mirada sostenía un reyezuelo picando el perfil del tiempo en la vertical de la corteza, o aguantaba una brizna de hierba al borde del reloj fatal del remolino en la fuente.

Fíjate, las lavanderas están pintando el monte, dijo ahora el difunto.

Sobre los matorrales que rodeaban el faro, entre los peñascos, dos lavanderas tendían la ropa a clarear. Su lote era como el vientre de trapo de un mago. De él quitaban interminables piezas de colores que repintaban el monte. Las manos rosadas y gordezuelas seguían el dictado de los ojos del vigía, guiados a su vez por el pintor: Las lavanderas tienen las manos rosas porque de tanto fregar y fregar en la piedra del agua se les van quitando los años de la piel. Sus manos son las manos de cuando eran niñas y comenzaron a ser lavanderas.

Sus brazos, añadió el pintor, son los mangos del pincel. Del color de la madera del aliso, porque también se formaron junto al río. Cuando escurren la ropa mojada, los brazos de las lavanderas se tensan como las raíces de la orilla. El monte es como un lienzo. Fíjate. Pintan sobre tojos y zarzas. Las espinas son las mejores pinzas de las lavanderas. Ahí va. La larga pincelada de una sábana blanca. Dos trazos de calcetines rojos. El temblor liviano de una lencería. Extendida al clareo, cada pieza de ropa cuenta una historia.

Las manos de las lavanderas casi no tienen uñas. También eso cuenta una historia, como la contarían, si tuviésemos una radiografía a la vista, las vértebras superiores de su columna, deformadas por el peso de los lotes acarreados sobre la cabeza durante años y años. Dicen ellas que las uñas se las llevó el aire de las salamandras. Pero eso es, por su parte, una explicación mágica. Las uñas se las comió el ácido de la sosa.

Durante las ausencias del difunto, el Hombre de Hierro pugnaba por ocupar su lugar en la cabeza del guardia. El Hombre de Hierro no se presentaba durante el tiempo melancólico del crepúsculo, ni se acomodaba como un lápiz de carpintero en la silla de montar de la oreja, sino a primera hora, en el espejo y en el momento de afeitarse. Tenía un mal despertar. Atravesaba la noche con ahogos de pecho, como quien sube y baja montañas tirando de un mulo cargado de cadáveres. Así pues, el Hombre de Hierro se lo encontraba bien predispuesto para atender consejos que eran órdenes. Aprenda a sostener la mirada y a dominar con ella, para eso debe apretar los dientes. Hable lo menos posible. Las palabras, por imperiosas y malsonantes que sean, son siempre una puerta abierta a los diletantes, y los más débiles se agarran a ellas como un náufrago al palo del mástil. El silencio, acompañado de gestos rotundos, marciales, tiene un efecto intimidatorio. Las relaciones entre humanos, no se olvide, siempre se establecen en términos de poder. Como entre lobos, el contacto exploratorio deriva en un nuevo orden de cosas: o dominio o sumisión. ¡Y abróchese el botón del cuello de la guerrera, soldado! Usted es un vencedor. Que se enteren.

En la habitación que su hermana le había dado, había una bicicleta colgada de la pared. Era una bicicleta que nadie usaba, con el neumático de las ruedas tan limpio que parecía que nunca se había posado en el suelo, y los guardabarros de lata tan brillantes como láminas de alpaca. Antes de irse a dormir, se sentaba en la cama ante la bicicleta. De niño había soñado con algo así. O no. Quizá era un sueño que soñaba haber soñado. De repente, se sintió estafado. Todo lo que recordaba haber soñado, el sueño que desplazaba todo lo soñado, era aquella niña, muchacha, mujer llamada Marisa Mallo. Estaba allí, en la pared, como una Inmaculada en el altar.

Cuando cuidaba del ganado, solía escaparse junto a su tío el trampero. Pero tenía otro tío. Otro solitario. Nan, el tío carpintero.

Al regresar con las vacas, se detenía en el taller de Nan, un cobertizo que daba al camino, de tablas pintadas con pez como un arca varada en la entrada de la aldea. Para Herbal, Nan era un ser extraño. En el pomar había un manzano cubierto de musgo blanco, el preferido de los mirlos. Así era, entre los de su familia, aquel tío abuelo carpintero. En aquella aldea, la vejez estaba al acecho. Repentinamente, te enseñaba los dientes en una esquina sombría, enlutaba a las mujeres en una era de niebla, mudaba las voces con un trago de aguardiente y arrugaba la piel en el escalón de un invierno. Pero la vejez no había traspasado a Nan. Cayó sobre él, lo cubrió de canas y de una pelambre blanca que se le rizaba en el pecho y le vestía los brazos como viste el musgo las ramas del manzano, pero la piel amarilleaba, lustrosa, como el cerne del pino del país, los dientes relucían brillantes por el buen humor, y además andaba siempre con aquel penacho rojo en la oreja. El lápiz de carpintero. En el taller de Nan nunca hacía frío. El suelo era un lecho blando de virutas. El aroma del serrín mataba la humedad. ¿De dónde vienes?, le preguntaba sabiéndolo. Un chaval como tú debería estar en la escuela. Y después murmuraba con un gesto desaprobatorio: Cortan la madera antes de tiempo. Ven aquí, Herbal. Cierra los ojos. Ahora dime, sólo por el olor, como te he enseñado, ¿cuál es el castaño y cuál el abedul? El niño olisqueaba acercando la nariz hasta rozar con la punta los pedazos de madera. Así no vale. Sin tocar. Sólo por el olor.

Éste es el abedul, señalaba por fin Herbal.
¿Seguro?
Seguro.
¿Y por qué?
Porque huele a mujer.
Muy bien, Herbal.
Y él mismo se acercaba al tocón de abedul e inspiraba profundamente, entrecerrando los ojos. A hembra bañada en el río.

Herbal descuelga la bicicleta de la pared. El manillar y el guardabarros brillan como alpaca. Debajo de la cama tiene la caja de herramientas de Nan y la amarra al asiento trasero. Prepara un café en el puchero, como infusión, tal y como hacía Nan. Está amaneciendo y se echa a pedalear por el camino que discurre paralelo al río, orlado de abedules. De frente se acerca una figura extraña. Lleva túnica y va tan maquillada que parece una máscara. Le hace una señal para que se detenga. Herbal intenta pedalear con fuerza pero la cadena se sale del piñón.

Hola, Herbal, querido. Soy la Muerte. ¿Sabes por dónde andan el joven acordeonista y la puta Vida?

Pero entonces Herbal, que busca un arma, algo con lo que defenderse, recurre al lápiz de la oreja. Se alarga como una lanza roja. El grafito de la punta espejea como un metal bruñido. La Muerte abre los ojos con espanto. Desaparece. Sólo queda una mancha de gasóleo en el charco del camino. Y Herbal arregla la bicicleta y pedalea silbando feliz un pasodoble de jilguero, con su lápiz rojo en la oreja. Y llega al pazo de Marisa Mallo y saluda cantarín mirando al cielo. ¡Bonito día! Precioso, asiente ella. Bien, dice él frotándose las manos, ¿qué es lo que quiere que haga hoy? Una artesa, Herbal. Un arca para el pan.

Se la haré de nogal, mi señora. Y con patas torneadas. Y escudete en el cierre.

Y un chinero, Herbal. ¿Me harás también un chinero?

Con balaústre de volutas.

Despertó con las órdenes del Hombre de Hierro. Se había quedado dormido encima de la cama, sin desvestirse. Desde la cocina llegaban también los lamentos dóciles de su hermana. Recordó lo que le había dicho el sargento Landesa: Dale una patada en los huevos de mi parte. Ya está bien, murmuró. Hijo de puta.

¿Lo has oído? Quiero la cena caliente en la mesa. ¡Llegue a la hora que llegue!

Su hermana estaba en camisón, despeinada, con un plato de sopa en la mano. La presencia de Herbal pareció sobresaltarla aún más, pues vertió parte del plato. El otro venía uniformado. La camisa azul. Los correajes. La pistola enfundada en la sobaquera. Lo miró de frente. Los ojos estriados. Borracho. Amagó una sonrisa cínica. Después pasó la gamuza de la lengua por los dientes.

¿Tienes mal dormir, Herbal?

Sacó la pistola y la dejó encima de la mesa. Al lado de los cubiertos y del pedazo de pan, la Star parecía una herramienta absurda, desamparada. Zalo Puga llenó dos vasos de vino.

Venga, siéntate. Echa un trago con tu cuñado. Y tú, se dirigió a su mujer, guarda eso que viene ahí.

Le guiñó un ojo a Herbal y empezó a sorber directamente del plato. Siempre era así. Pasa-

ba de una chulería agresiva a una camaradería
ebria. Beatriz procuraba disimular las huellas de
los malos tratos pero a veces, cuando estaban solos, se derrumbaba llorando en los brazos de su
hermano. Ahora, después de desatar el saco con el
que había llegado el marido, Herbal vio que quedaba estupefacta, petrificada, como en un vértigo.

¿Qué te parece? ¡Buena caza! Venga, cógelo.

Prefiero dejarlo para mañana.

¡Venga, mujer! No muerde. Que lo vea tu
hermano.

Y ella, venciendo el asco, metió las manos y
finalmente sacó la cabeza de un cerdo. La mostró,
apartándola de sí, dirigiéndola hacia los hombres.
Arenas de sal en el hueco oblicuo de los ojos.

¡Pobre animal!

El cuñado de Herbal rió su propia gracia.
¡Viene entero, con rabo y todo! Luego añadió:
Aquel carajo de vieja no lo quería soltar. Dijo que
ya había dado un hijo para Franco. Ha, ha, ha.

Zalo Puga había engordado mucho durante
la guerra. Trabajaba en Abastos. Era de los que salían a decomisar víveres por las aldeas. Y se quedaba con una parte del botín. No lo quería soltar,
repitió en tono sórdido. Se agarraba a los lacones
como si fuesen reliquias. Le tuve que sacudir.

Cuando Beatriz arrastró el saco hacia la
despensa, él quitó dos farias del bolsillo de la camisa y le ofreció una a Herbal. Las primeras hu-
maradas se cruzaron y ascendieron forcejeando

enredadas hacia la lámpara. Zalo Puga lo miraba fijamente por las estrías de los ojos.

Querrías matarme, ¿verdad? Pero no tienes cojones.

Y soltó otra carcajada.

Catorce

Entre el penal y las primeras casas de la ciudad había unos peñascos. A veces, durante las horas de patio, se veían mujeres en lo alto que parecerían esculpidas si no fuese por la brisa del mar que les ondulaba las faldas y las melenas. En la esquina soleada del patio, algunos hombres hacían visera con la mano y miraban hacia ellas. No hacían ningún gesto. Solamente de vez en cuando ellas braceaban lentamente, como en un código de banderas que se agitaba más al ser reconocido.

Desde la garita, en una esquina del muro de la prisión, con el lápiz de carpintero en la oreja, Herbal atendía a lo que le decía el pintor.

Le decía que los seres y las cosas tienen una vestimenta de luz. Y que los propios Evangelios hablan de los hombres como "los hijos de la luz". Entre los prisioneros del patio y las mujeres de las rocas debía de haber hilos de luz que cruzaban tendidos por encima del muro, hilos invisibles que no obstante transmitían el color de las prendas y el ajuar de la memoria. Y más aún, una pasarela hecha de cordajes luminosos y sensoriales. El guardia imaginó que, en su quietud, los prisioneros y las mujeres de los peñascos estaban haciendo el amor y que era el vendaval de sus dedos el que agitaba las faldas y las melenas.

Un día la vio allí, entre las otras mujeres con vestidos pobres. Su largo pelo rojizo balanceado por la brisa, tendiendo hilos con el doctor en el patio de la cárcel. Hilos de seda, invisibles. No los podría rasgar ni un tirador de precisión.

Hoy no había mujeres. Un grupo de niños, con la cabeza muy rapada, lo que les daba aspecto de hombrecitos, jugaban a la guerra, haciendo que los palos eran espadas. Disputaban la cima de los peñascos como torres de una fortaleza. Se cansaron de la esgrima y entonces usaron los mismos palos como rifles. Se dejaban ir, rodando, como muertos, como extras de una película, y después se levantaban riendo y volvían a rodar por la ladera hasta cerca del muro de la prisión. Uno de ellos, después de la caída, alzó la vista y se encontró con la mirada del guardia. Y entonces cogió el palo, lo apoyó en el hombro, con un pie adelantado en posición de tirador, y le apuntó. Mocoso, dijo el guardia. Y decidió darle un susto. Cogió su fusil y apuntó a su vez a la cara del niño. Desde atrás, los otros lo llamaron asustados. ¡Pico! ¡Corre, Pico! El chaval bajó lentamente su arma de palo. Tenía pecas y una sonrisa desdentada y temeraria. De repente, en un movimiento vertiginoso, se llevó de nuevo el palo al hombro, disparó, ¡pum, pum!, y echó a correr monte arriba, arrastrándose por la ladera con su pantalón de remiendos. El guardia lo siguió a través del punto de mira de su fusil. Herbal sintió que le ardían las mejillas. Cuando el chaval desapareció detrás de los peñascos, él dejó el arma y respiró hondo. Le faltaba el aire. Sudaba a chorros. Escuchó el eco de una carcajada. El Hombre de Hierro había descabalgado al pintor. El Hombre de Hierro se estaba riendo de él.

¿Qué es eso que llevas en la oreja?

Un lápiz. Un lápiz de carpintero. Es un recuerdo de uno que maté.

¡Menudo botín de guerra!

El primero de abril de 1939, Franco firmó el parte de la victoria.

Hoy celebramos la victoria de Dios, dijo el capellán en la homilía de misa solemne celebrada en el patio. Y no lo dijo con especial altanería, sino como quien constata la ley de la gravedad. Ese día había guardias dispuestos entre las filas de reclusos. Habían acudido algunas autoridades y el director no quería sorpresas desagradables, amotinamientos de risa o de tos como ya había ocurrido cuando algún predicador echaba hiel en la herida, bendecía la guerra que llamaba cruzada y los instaba al arrepentimiento, ángeles caídos en el bando de Belcebú, y a pedir la protección divina para el caudillo Franco. Sin embargo, el del capellán era un fanatismo menos pedestre, de cierta armazón teológica, perfilada en discusiones con los presos, la mayoría de ellos fanáticos de los libros, de cualquiera, los que tuviesen a mano, ya fuese la *Bibliotheca Sanc-*

torum o *Maravillas de la vida de los insectos.* ¡Aquí
querría ver él a la curia, batiéndose por la fe! Sabían latín, Dios mío, sabían griego. Como aquel
doctor Da Barca que un día lo enredó en una te-
laraña de soma, psyque y pneûma.

Pneûma tes aletheias. El Espíritu de la Verdad. ¿Sabe? Eso es lo que significa el Espíritu
Santo. De la Verdad, padre.

Dios no le presenta batalla a determinados
hombres por azar, dijo el capellán. Para Dios no
hay criatura enemiga. Es el pecado, la manifesta-
ción de Satanás, lo que indigna a Dios. Además,
¿qué somos nosotros desde su altura? Cabezas de
alfiler. Lo que hace Dios es guiar el agua de la historia, de la misma forma que el molinero dirige el
curso del río. Dios combate el pecado, no el peca-
dillo, eso es cosa nuestra, por medio de la confe-
sión, el arrepentimiento y el perdón. Existe el pecado original, el *peccatum originale*, estigma que
soportamos por el hecho de nacer. Y después están los pecadillos, ¡o los pecadazos!, de la persona
per se, el *peccatum personale*, ese tropezón en el camino. Pero el peor de todos, el que nos sobrepasa
y que ha poseído a una parte de España durante
estos últimos años, traicionando su ser esencial,
es el Pecado de la Historia, el Pecado con mayús-
cula. Esta clase horriblemente repugnante de
pecado prende sobre todo en la vanidad del inte-
lecto y en la ignorancia de los más simples, arras-
trados por tentaciones en forma de revoluciones
y disparatadas utopías sociales. Contra ese pecado

de la historia sí que combate Dios. Y tal y como nos cuentan reiteradamente las Escrituras, existe la ira de Dios. Una ira que es justa e implacable. Y Dios, para su victoria, elige sus instrumentos. Los elegidos de Dios.

El capellán leyó el telegrama que el papa Pío XII acababa de enviarle a Franco el 31 de marzo: "Alzando nuestro corazón a Dios, damos sinceras gracias a Su Excelencia por la victoria de la católica España".

Fue entonces cuando se escucharon los primeros carraspeos.

Era el doctor Da Barca, le contó Herbal a Maria da Visitação. Lo sé porque yo estaba a su lado y lo miré duramente, llamándolo al orden. Teníamos instrucciones de atajar cualquier incidente. Pero aparte de mirarlo como a un bicho, cosa que ni le inmutó, yo no sabía muy bien qué hacer. La suya era una tos seca, fingida, como la de esa gente fina que va a los conciertos. Por eso para mí fue casi un alivio que la tos se extendiese como un contagio entre todos los reclusos. Sonaba como un gigantesco carillón que se desprende del campanario.

No sabíamos qué hacer. ¡No íbamos a zurrarles a todos en plena misa! Las autoridades se removían inquietas en sus asientos. En el fondo, todos deseábamos que el capellán, por lo demás hombre avisado, apagase el murmullo rebelde con un oportuno silencio. Pero él, como rueda dentada que se acopla con otra más grande, estaba enardecido por el engranaje del propio sermón.

¡Existe la ira de Dios! ¡Ha sido la victoria de Dios!

Y su voz fue ahogada por las toses, que ahora ya no eran refinados carraspeos de ópera sino una resaca de mar de fondo. Y el director de la prisión, asaeteado por las miradas de las autoridades, tuvo el arranque de acercarse a él y susurrarle al oído que abreviase, que era el día de la Victoria y que como la cosa siguiese así iban a tener que celebrarlo con una carnicería.

El rostro enrojecido del capellán fue palideciendo, absorbido por aquella catarata de hombres tosiendo como silicóticos. Calló, recorrió las filas con ojos desconcertados, como si volviese en sí, y murmuró entre dientes un latín.

Lo que dijo el capellán, y que Herbal no podría recordar, fue: *Ubi est mors stimulus tuus?*

Al acabar la ceremonia, el director lanzó las consignas de rigor.

¡España! Y solamente se escucharon las voces de autoridades y guardias: ¡Una!

¡España! Los presos seguían en silencio. Gritaron los mismos: ¡Grande!

¡España! Y entonces atronó toda la prisión: ¡Libre!

Con mucha antelación, Herbal ya se había enterado de la victoria por los vencidos. En contra de lo que la gente cree, la cárcel, le dijo a Maria da Visitação, es un buen lugar para estar informado. Lo que sucede es que las noticias de los derrotados suelen ser las más fiables. Cayó Barcelona en enero, cayó Madrid en marzo. Cayó Toledo el primero de abril, aguas mil. Cada una de las caídas se leía en los rostros como una arruga, una corona de sombra en los ojos hundidos, en el andar lánguido, en el descuido personal. Bombardeados por las malas noticias, los presos arrastraban por los pasillos y por el patio el cansancio de una columna derrotada. Y volvieron con renovada fuerza, como virus al acecho en el miasma, enfermedades y epidemias.

El doctor Da Barca no dejó de afeitarse cada día. Se lavaba metódicamente en el aguamanil y se miraba en un pequeño espejo con el cristal hendido en una línea que le partía el rostro. Se peinaba a diario como para un festivo. Y limpiaba los gastados zapatos, que tenían siempre el brillo de una foto sepia. Cuidaba esos detalles como el jugador de ajedrez cuida sus peones. Le había pedido una foto a Marisa. Después se lo pensó mejor.

Llévatela, no ha sido una buena idea.

Ella pareció disgustarse. A nadie le gusta que le devuelvan una foto, y menos en la cárcel.

No quiero verte metida entre estas cuatro paredes. Dame algo tuyo. Algo para dormir.

Ella llevaba un pañuelo anudado al cuello. Se lo alcanzó. Siempre a un metro. Prohibido tocarse.

Herbal se interpuso. Lo inspeccionó con aparente indiferencia. De algodón con grecas rojas. ¡Quién le diese a aspirar el aroma! El rojo no está permitido, dijo. Y era cierto. Pero lo dejó caer en las manos de Marisa.

Me voy, le dijo el difunto a Herbal, poco después del final de la guerra. Voy a ver si encuentro a mi hijo. ¿Y tú, por casualidad, no sabrás algo de él?

Está vivo, no te he mentido, le dijo el guardia algo enojado. Cuando fuimos a por él, ya había huido. Más tarde nos enteramos de que se había disfrazado de ciego y que había cogido un coche de línea. Con gafas de ciego y todo, debió de ver los cadáveres en las cunetas. Le perdimos la pista aquí, en Coruña.

Pues voy a ver si lo encuentro. Le había prometido unas clases de pintura.

No creo que pinte gran cosa, dijo el guardia con rudeza. Vivirá como un topo.

Desde que el pintor se había marchado, y tal como temía, Herbal notaba de nuevo aquella desazón. Incapaz de enfrentarse a su cuñado, dejó la casa de su hermana y pidió autorización para pernoctar en la cárcel. Por la mañana, al ponerse en pie, notaba un ligero mareo, como si la cabeza no quisiese levantarse con el cuerpo. Siempre con mala cara.

Aquel doctor Da Barca le irritaba los nervios. Su apostura. Su serenidad. La sonrisa de Daniel.

El Hombre de Hierro aprovechó la ausencia del pintor. Herbal le hizo caso.

Denunció al doctor Da Barca. Lo denunció por algo que ya hacía tiempo que sabía.

El doctor tenía un receptor de radio clandestino. Las piezas habían sido introducidas desde el exterior, ocultas en tarros de la enfermería. El somier metálico de una cama servía de antena. La organización de los reclusos había montado todo un turno de atenciones urgentes a los enfermos, para así disimular el ajetreo nocturno en la enfermería. Él había sorprendido al doctor con los auriculares. Le había dicho con mucha sorna que era un fonendo. Pero él no era idiota.

Y lo denunció también por otra cosa. Tenía sospechas muy serias. El doctor Da Barca administraba drogas a algunos enfermos.

Una noche, le explicó Herbal al director, llevamos a un preso a la enfermería aquejado de grandes dolores. Gritaba como si lo estuviesen serrando. Y de hecho, entre alaridos, decía que le dolía mucho el pie derecho. Pero lo curioso es que el enfermo, un tal Biqueira, no tenía pie derecho. Ya hacía meses que se lo habían amputado por una gangrena. Era uno de los que intentaron huir, señor, si se acuerda, cuando pintaban la fachada. Yo mismo le metí un tiro en el tobillo. Se lo astillé todo. Será el otro pie, le dije, el izquierdo. Pero no, él decía que era el derecho y se agarraba con desesperación el muslo de ese lado, clavándose las uñas. Tenía una pata de palo, una pata de nogal, que le habían hecho en el taller. Será el palo, que no encaja en el muñón. Y le quité la pata, pero él decía: Es el pie, imbécil, es la bala en el tobillo. Así que lo llevamos a la enfermería, y el doctor Da Barca dijo muy serio que sí, que era el tobillo del pie derecho. Que le dolía la bala. A mí todo aquello ya me estaba pareciendo teatro. Y el médico, en mi presencia, le puso aquella inyección diciéndole que lo iba a curar. Tranquilo, Biqueira, es el sueño de Morfeo. Al poco, Biqueira quedó tranquilo, con expresión feliz, como si estuviese soñando despierto. Le pregunté al doctor por lo que había pasado pero ni me respondió. Es un hombre altanero. Le escuché decir a los otros que lo que tenía Biqueira era un dolor fantasma.

¿Y qué más?, frunció el ceño el director.

La historia se ha repetido, señor. He descubierto que sustraen morfina del armario blindado del doctor Soláns.

No tengo ninguna noticia de que ese armario haya sido forzado.

A Herbal esta observación del director le pareció de una rara ingenuidad. Dijo: En esta cárcel, señor, hay una docena de mangantes que pueden abrir ese armario en un santiamén con un mondadientes. Tenga la seguridad de que le hacen más caso al doctor Da Barca que a usted o a mí. Y luego, con parsimonia, puso sobre la mesa un paquete de papel de estraza. Son ampollas abiertas, señor. Rescatadas de los desechos de la enfermería. Me he preocupado de saber que contenían morfina.

El director miró con atención a aquel justiciero vocacional que se le había presentado en el

110

despacho, como si de repente hubiese descubierto que estaba a su servicio. Pensó en un perro que arrastra una ristra de latas atadas al rabo, causando un estruendo sin control.

No hay ninguna queja por parte del doctor Soláns.

Él sabrá el porqué, dijo Herbal sosteniéndole la mirada.

Tomo nota de su profesionalidad, agente. Se puso en pie. Daba por terminada la conversación. El asunto queda en mis manos.

Herbal permaneció atento a los acontecimientos. El doctor Da Barca pasó un período de castigo, en régimen especial, incomunicado, por el asunto de la radio incautada. El doctor Soláns estuvo de baja una larga temporada. En cuanto a él, un día recibió la notificación de su ascenso a cabo.

Cada vez se encontraba peor. Descargaba su ira en los presos y empezó a ser especialmente odiado. Hacía maldades adrede. Un día le dijo a Ventura, un muchacho que era pescador: Esta tarde vete a la torre de vigilancia. Te dejaré ver el patio de las mujeres. Ha ingresado una putita joven que tiene dos tetas como quesos de Arzúa. Si le haces señales, te lo enseña todo. Pero nos está prohibido subir ahí, dijo el preso. Haré la vista gorda, dijo Herbal.

Cuando el golpe militar, Ventura había estado tocando día y noche una bocina de caracola en la bahía de Coruña hasta que lo callaron de un tiro. La bala le había atravesado el antebrazo,

111

como si le apuntasen a propósito al tatuaje que allí tenía de una opulenta sirena, ahora deformada por la cicatriz.

A la hora acordada, Ventura subió a la torre. En el patio, había sólo una muchachita, apoyada contra la pared en cuclillas. El joven preso silbó e hizo una señal con el brazo. La muchacha se irguió trabajosamente y caminó con torpeza hacia el medio del patio, como si fuese en zancos. Vestía un gastado gabán beige con pelliza y calzaba unas catiuscas azules. Alzó la vista y Ventura pensó que tenía la mirada más triste que nunca había visto. Era rubia y pálida, de cara chupada y unas profundas ojeras de color carey en el arco de los ojos. De repente, abrió el gabán. Debajo iba desnuda. Lo abrió y lo cerró, como en una sesión de caseta de feria. La muchacha tenía dos tetas magras, pelo en el pecho y un pene. ¿Qué haces aquí?, preguntó Herbal, ¿no sabes que está prohibido?

Eres un cabrón.

Ha, ha, ha.

Todos los días se acercaba a la celda de castigo en la que estaba el doctor Da Barca y escupía por el ventanuco de la puerta. Una noche se despertó ahogándose. El corazón le golpeaba angustiado en el arca del pecho. Estaba tan asustado que la vigilia lo llevó hacia la celda de castigo en la que dormía Da Barca, se apoyó jadeante junto a la puerta y estuvo a punto de pedir ayuda. Pero finalmente salió al fresco del patio y se puso a respirar hondo.

Fue entonces cuando notó el acomodo del difunto en la oreja. Un milagroso alivio.

¿Eres tú? ¿Dónde carajo te habías metido?, preguntó disimulando la alegría. ¿Has encontrado a tu hijo?

No, no lo he encontrado. Pero le oí decir a mi familia que estaba a salvo.

Ya te lo había dicho yo. Deberías fiarte de mí.

¿Tú crees?, respondió con ironía el difunto.

Oye, pintor, dime una cosa. ¿Tú sabes lo que es el dolor fantasma?

Algo de eso sé. Me lo explicó Daniel Da Barca. Él había hecho un estudio en la Beneficencia. Dicen que es el peor de los dolores. Un dolor que llega a ser insoportable. La memoria del dolor. ¿Por qué lo preguntas?

Por nada.

Quince

Marisa Mallo miró hacia la araucaria y sintió, a su vez, el peso de su mirada. Aquella majestad, plantada en el pazo de su abuelo, señoreaba el valle y apuntaba al cielo con sus grandes peldaños vegetales.

Los perros le habían dado la bienvenida. Reconocían su olor, y se lo disputaban con una alegría fiera. Brincando a su alrededor, exhibían a la visitante con orgullo, como una conquista preciosa. Pero Marisa nunca había sentido esa otra sensación, la de ser espiada por la araucaria.

Así que regresas, ¿eh, jovencita?, le decía desde su altura.

Y a medida que avanzaba hacia el pazo, también se sintió escudriñada por los árboles de flor que orlaban el sendero de piedrecitas blancas, como si los camelios se estuviesen dando codazos y las magnolias chinas bisbiseasen por lo bajo.

De alguna forma, aquel mundo le pertenecía. Había sido campo de juegos y escondite. Allí había celebrado, por un especial empeño de su abuelo, su puesta de largo, una fiesta exótica en la tradición de Fronteira. Se rió con melancólica ironía sólo de recordarlo.

Allí estaba su abuelo, Benito Mallo, presidiendo con ella a su lado, bajo el emparrado, la larguísima mesa de banquete. Tan larga, en la memoria de Marisa, que el blanco de los manteles se fundía en los extremos con la fronda del jardín. Junto a su nieta, aquella muchacha rubia en la que ya brotaba una hermosa mujer, Benito Mallo sonreía con orgullo. Era la primera vez que conseguía reunir a todas las llamadas fuerzas vivas. Allí estaban, en lugar destacado, los que más lo despreciaban, el pedigrí del señorío pueblerino, riéndole las gracias con mansedumbre. Allí estaban el obispo y los curas, también el párroco que un día lo había señalado desde el púlpito como capitán de pecadores. Allí estaban los mandos de la guardia fronteriza, los mismos que un día, cuando era un don nadie lleno de osadía, habían jurado colgarlo del puente boca abajo para que las anguilas le quitasen los ojos. Pero algo había pasado con la realidad. Seguía siendo la misma. Los mismos valores, las mismas leyes, el mismo Dios. Sólo que Benito Mallo había atravesado la frontera. Se había hecho rico con el contrabando. Se hablaba del café, del aceite, del bacalao. Pero la imaginación popular sabía más. Las toneladas de cobre acumuladas por medio de un tendido eléctrico que terminaba en una manivela que giraba día y noche; las joyas que pasaban en el vientre del ganado; las sedas que llevaban una legión de mujeres falsamente preñadas; las armas que rendían honores a un muerto en su ataúd.

Benito Mallo se había enriquecido hasta ese nivel en que la gente deja de preguntarse cómo. Forjó una leyenda. El paleto que vestía trajes cortados en Coruña. Que compró un coche Ford de asientos forrados de cuero en los que las gallinas anidaban. Que tenía grifos de oro pero usaba el monte por retrete y se limpiaba con berzas. Que les regalaba a sus amantes billetes falsos.

Algo de eso cambió cuando Benito Mallo compró el pazo de la gran araucaria. Una regla no escrita decía que quien tenía la araucaria tenía la alcaldía. Y uno de los abogados de confianza de Benito Mallo fue nombrado alcalde en los tiempos de la dictadura de Primo de Rivera. No por eso dejó de gobernar el reino invisible de la frontera. Tejió un firme tapiz con la lanzadera de la noche y del día. Pisaba con seguridad en los salones alfombrados, hacía diligentes a los más soberbios funcionarios y jueces pero, a veces, de noche, se lo podía ver en un muelle del Miño, con un inconfundible sombrero de ala ancha, diciendo a quien quisiese verlo que aquí estoy yo, el rey del río. Y más tarde escupiendo en el suelo de una taberna, celebrando la descarga. Esos meses que falté estuve en Nueva York, ¿sabéis? Compré este traje y una gasolinería en la calle cuarenta y dos. Y sus hombres sabían que no podía ser un farol. Muy bien, jefe. Como Al Capone. Se reían de lo que él se reía. Tenía muy buen humor, pero discrecional. Cuando se irritaba, se le veía el fondo de los ojos, las llamaradas de un horno. Ese Al

Capone es un delincuente, yo no. Por supuesto, don Benito. Discúlpeme la broma.

Benito Mallo leía con dificultad. Yo no tuve escuela, decía. Y aquella declaración de ignorancia sonaba en sus labios como una advertencia, tanto más contundente cuanto más mejoraba su posición. Los únicos papeles a los que les concedía valor eran las escrituras de propiedad. Las leía muy despacio y en voz alta, casi deletreando, sin que le importase mostrar su torpeza, como si fuesen versículos de la Biblia. Y después firmaba con una especie de puñalada de tinta.

Para comprar el pazo de Fronteira, Benito Mallo había tenido que vencer las reticencias de los herederos del señorío. Afincados en Madrid, sólo lo habitaban en las vacaciones de verano y en Navidad. En esta última ocasión montaban un Belén viviente. Los niños pobres de la parroquia representaban las figuras del portal, excepto la Virgen y San José, que eran encarnados por los dos infantes de la familia. Eran ellos los que al final del acto repartían un aguinaldo de chocolate e higos pasos. En una ocasión también Benito Mallo había hecho de pastorcito, con su chaleco de pelliza y su zurrón. Llevaba una oveja en brazos y tenía que depositarla como ofrenda ante la Virgen, San José y el niño Jesús. Quien estaba en la cuna aquel año era el bebé de una criada, hijo de soltera. Las malas lenguas de Fronteira le atribuían la paternidad a Luis Felipe, el señor del pazo. Benito Mallo también era hijo ilegítimo, pero por aquel entonces ya sabía con seguridad quién había sido su padre: un cohetero valentón que murió acuchillado en una verbena. Años después, ya mozo, en los albores de su fama, Benito Mallo, a caballo, había irrumpido borracho en medio de la fiesta del patrón y había deshecho el baile disparando al aire. Todos recordaban su grito de resentida melancolía, antes de perderse por el embudo de la noche.

¡Verbenas aquellas como en la que murió mi padre!

En su papel de pastor, en el Belén de la capilla del pazo, tenía que cantar un breve villancico. La noche de víspera su madre le había enseñado una copla. Mucho se reía mientras se la decía. Después de dejar la oveja al pie de la cuna del niño Jesús, Benito Mallo se adelantó hacia el auditorio y soltó su canto con mucha seriedad:

Dénos el aguinaldo,
aunque sea poco:
un tocino entero
y la mitad de otro.

En un principio, el señorío del pazo y sus amistades enmudecieron con el pasmo. Luego les dio por reír. Una carcajada interminable. Benito Mallo vio cómo algunos de ellos enjugaban las lágrimas. Lloraban de risa. A él le ardía el fondo de los ojos. Si fuese de noche, relucirían como los de un gato montés.

Los intermediarios que Benito Mallo enviaba a Madrid no tenían éxito. Era como golpear en hierro frío. Aquella familia venida a menos ponía nuevas condiciones cada vez que el trato parecía cerrado. Un día Benito Mallo mandó llamar a su chófer y le dijo que se preparase para un largo viaje. Cargaron en el maletero dos tabales, de los de embalar pescado ahumado. Traigo esto para los señores, dijo cuando se presentó en el piso de Madrid. Dígales que soy Benito Mallo. Lo hicieron pasar al salón y allí mismo, reunida la familia, sin más ceremonia, abrió el primer tabal. Los billetes estaban cuidadosamente apilados en círculos concéntricos, como finísimos arenques. Apetecibles. Fíjense cómo brillan y cómo huelen. Pueden probarlos. Masticarlos. Sabrosos peces de humo. Pero Benito Mallo dijo: Pueden contarlos, tómenlo con calma. Miró su reloj de cadena. Yo voy a por lotería. Y si están de acuerdo, vayan llamando a un notario de confianza. Pero cuando regresó, el señor tenía acentuado el tic de la risa sardónica. La mujer permanecía muda, respirando con el pecho agitado. Y los dos señoritos, chico y chica, flanqueaban a su padre. Estirados, con sus cuellos de grulla al acecho, como si asistiesen a una ofensa.

¿Y bien?

Estimamos su interés, dijo Luis Felipe, pero nos parece todo muy precipitado. No se trata sólo de dinero, señor Mallo. Hay cosas que no tienen precio, de un fuerte valor sentimental.

La biblioteca, papá, apostilló la hija.

Sí. Por ejemplo, la biblioteca. Es una biblioteca extraordinaria. De lo mejor de Galicia. Su valor es incalculable.

Entiendo. Couto, le dijo Benito Mallo al chófer, suba otro tabal de pescado.

Pasarían años hasta que Benito Mallo volviese a reparar en aquella biblioteca que emparedaba el escritorio, el salón y un largo pasillo del pazo. De vez en cuando, algún visitante hacía algún comentario de admiración, después de hojear alguno de aquellos viejos volúmenes.

Esto que tiene aquí es una maravilla, un tesoro.

Lo sé, asentía Benito Mallo con orgullo. Tiene un valor incalculable.

En el fondo del escritorio que tenía por despacho había una enciclopedia ilustrada. Eran volúmenes sólidos y simétricos que parecían encuadernados en mármol y que le daban a la estancia una gravedad de mausoleo. Pero cada vez que se levantaba de su silla y bordeaba la mesa por la derecha, el viejo contrabandista se encontraba a la altura de la vista con un inquietante anaquel de libros desiguales, algunos desencuadernados, bajo un epígrafe de letras labradas en madera:

Poesía

Un día se levantó y se volvió a sentar. Tenía en sus manos un libro titulado *Las cien mejores poesías castellanas* de Marcelino Menéndez Pelayo. Desde entonces destinaba todos los días un rato de ocio a la lectura de aquel libro. A veces lo dejaba abierto en su regazo y quedaba abstraído mirando la película que proyectaba el cielo en la galería de la sala o cerraba los ojos en un soñar despierto. Instruyó a la servidumbre para que nadie lo interrumpiese, y ellos incorporaron una nueva expresión, como si se tratase de una inveterada costumbre: El señor está con el libro.

Las manías del abuelo eran sagradas y nadie se preocupó demasiado por aquella repentina afición, que atribuían al reblandecimiento del seso propio de la edad. Pero un día dio un paso adelante y recitó ante la familia, en el comedor, la primera estrofa de las *Coplas de Jorge Manrique a la muerte de su padre*. El efecto que causó, la emoción de la abuela Leonor y la expresión atónita del resto, le hizo descubrir una dimensión del triunfo humano que hasta entonces no había conocido. Su sentido práctico era tan acentuado que lo llevaba a confundir sus conclusiones, incluso las que eran falsas, con el orden natural de la vida.

El día de la puesta de largo de Marisa, a los postres del banquete, el abuelo se puso en pie y golpeó con la cucharilla en un vaso a modo de campana que reclama silencio. Se había pasado la víspera encerrado en su escritorio y lo habían oído hablando solo y declamando en distintos registros. Él era un hombre que despreciaba los discursos. Palabras que lleva el viento. Pero hoy, dijo, quiero decir algo que me sale del corazón, como agua que brota del manantial del alma. Y qué mejor oportunidad que esta que nos brinda una fiesta en la que celebramos, no sin nostalgia, la primavera de la vida, el despertar de la flor, el tránsito de la inocencia a las dulces flechas de Cupido.

Se escucharon unos carraspeos y Benito Mallo los apagó mirando de reojo con severidad.

Sé que a muchos de vosotros os extrañarán estas palabras, y que ni siquiera yo estoy libre de la burla que en estos tiempos provocan los sentimientos más sentimentales. Pero, amigos, hay ocasiones en que el hombre hace un alto en su vida y echa cuentas.

Como si habla y ojos discurriesen por senderos separados hasta converger en un punto, mirada y voz se endurecieron. Yo no tengo pelos en la lengua. Comer o ser comidos. Ésa es la cuestión. Siempre he defendido ese principio y, modestamente, puedo decir que a los míos les dejaré algo más de fortuna de lo que el malhadado destino me reservó en la cuna. Pero no sólo de pan vive el hombre. También hay que cultivar el espíritu.

Es decir, la cultura.

Al tiempo que peroraba, la mirada del más implacable Benito Mallo recorrió en lenta panorámica a sus convidados, transformando en atento rendibú las expresiones más irónicas y regocijadas.

¡La cultura, señores! Y dentro de ella, la más sublime de las artes. La poesía.

Con discreción y humildad, a ella le he dedicado parte de mis más íntimos desvelos en los últimos tiempos. He sembrado unos campos que tenía en barbecho. Bien sé que todos llevamos dentro una bestia, unos más que otros. Pero el hombre curtido se emociona al escuchar las cuerdas de su alma, como el niño, en el desván, una caja de música.

El orador paladeó un sorbo de agua, visiblemente satisfecho por bordar en público esa imagen de la bestia y el niño en la que tanto había cavilado durante toda la noche. Por otra parte, el público de invitados se mantenía en un silencio de pasmo, intimidado por el fulgor de las miradas de Benito Mallo, pero también no menos intrigado por saber finalmente si por su boca hablaba el sarcasmo o el trastorno.

Todos estos prolegómenos vienen a cuento porque no quería pillaros totalmente por sorpresa. Me ha costado mucho dar este paso, pero he pensado que la ocasión bien merecía el atrevimiento. Y he aquí el resultado. Confío estos mis poemas a vuestra benevolencia, consciente de que el entusiasmo del novato no puede remediar la carencia de oficio.

En primer lugar, un poema por mí compuesto en honor de nuestros mayores y nuestros antepasados.

Benito Mallo pareció dudar por un instante, como afectado por la emoción, pero enseguida recuperó su natural porte de retaco apuesto y comenzó a declamar con brío de vate.

Nuestras vidas son los ríos
que van a dar a la mar,
que es el morir...

La broma toca a su fin, pensaron algunos. Y aplaudieron las coplas de Jorge Manrique echándose a reír con una complicidad que no encontró respuesta. Por el contrario, Benito Mallo los fulminó con la mirada y se fueron encogiendo hasta que dio por terminada la copla.

Y ahora, dijo con la voz intimidatoria de un Nerón, una composición que me dio mucho trabajo. Empleé una tarde entera en escribirla, por lo menos, porque el primer cuarteto se me resistía como diamante en bruto.

Un soneto me manda hacer Violante,
en mi vida me he visto en tal aprieto...

Ya no había risas. Ni por Lope de Vega. Solamente algunos murmullos que él disolvió con un acerado aviso de ojos. Al cabo, le aplaudieron no de cualquier manera sino con el aire marcial de los conciertos de etiqueta.

Y por último, un poema que le dedico a la juventud. Muy especialmente a mi nieta Marisa que es, en definitiva, quien nos reúne aquí. ¿Qué no daríamos por volver a ser jóvenes? A veces los amonestamos por ser rebeldes, pero eso es lo natural a su edad, el espíritu romántico. Pensando en vosotros, en los más jóvenes, he imaginado un personaje que encarnase la libertad, y me ha salido esta canción de pirata.

> *Con diez cañones por banda,*
> *viento en popa a toda vela,*
> *no corta el mar sino vuela*
> *un velero bergantín...*

Hubo una ovación con vivas a don Benito, poeta. Ya no le importó si eran con tono burlesco. Brindó por el futuro. Bebió de un trago una copa de coñac. Dijo: ¡Y ahora a divertirse! Y se adentró solitario en el pazo para no ser visto en todo el resto del día.

Por la noche, Marisa, aún azorada, le pidió explicaciones. Pero se dio cuenta de que estaba traspuesto. Se había emborrachado en solitario. La botella de licor de hierbas vacía sobre la mesa. Un poso de muérdago dorado en la copa y en la voz.

¿Has visto, niña? ¡El poder!

Cuando llegó la República, él se hizo republicano. Le duró sólo unos meses. Enseguida, su héroe pasó a ser el contrabandista, banquero y conspirador Juan March, entonces conocido como el último pirata del Mediterráneo. Con regocijo, contaba de él una anécdota que le parecía una de las más brillantes expresiones de agudeza que habían conocido los tiempos modernos. Igual que él, don Juan leía y escribía mal, pero era un prodigio haciendo cuentas numéricas. A Primo de Rivera le maravillaba esa habilidad. En una reunión en la que estaban presentes los ministros, se dirigió a March y le dijo: A ver, don Juan, ¿cuánto es siete por siete por siete por siete más siete? Y March respondió en un santiamén, sin tiempo a pensarlo: Dos mil cuatrocientos ocho, mi general. Y el dictador le dijo al titular de Hacienda: ¡Aprenda usted, señor ministro!

En 1933, Benito Mallo le había mandado marisco a Juan March a la cárcel, de la que huiría en compañía del mismísimo director del presidio. Tenían el mismo lema en el blasón: *Diners o dinars*. Dinero o comida. Pensaban que todo se podía comprar con esas armas.

Ahora los perros le mordían en los pulsos, con un cariño salvaje, como de reproche. Marisa saludó con una alegría de ensalmo al jardinero portugués.

¡Eh, Alírio! ¿Cómo estás?

Envuelto en la niebla de una ceniza de hojarasca, el jardinero alzó el brazo en un gesto lento, vegetal. Y después retornó, ensimismado, a alimentar el incensario del bosque. Ella sabía lo que contaba el rumor, la radiofonía secreta de Fronteira. Que Alírio era hijo de un antiguo amo del abuelo, de cuando éste se echó a ganarse la vida por los caminos, y que Benito Mallo no había parado hasta que consiguió poner a alguien de la estirpe a su servicio, no tanto por gratitud sino por un enrevesado desquite con la historia. En las leyes no escritas de Fronteira no había peor estigma que el haber sido criado de los del otro lado del río. Fuese como fuese, en aquel universo amurallado Alírio parecía ser el más libre. Vivía aparte de la gente y se movía por la finca como la silueta de un reloj de sol. De niña, Marisa pensaba que las estaciones eran en parte una creación de aquel jardinero tan callado que parecía mudo. Apagaba y encendía colores, como si en el jardín tuviese una mecha invisible bajo tierra que uniese bulbos, árboles y plantas. El amarillo nunca se apagaba. El decreto del invierno extinguía las últimas luces doradas del rosal chino. Pero era entonces, en aquella atmósfera fúnebre, cuando maduraban los limones y surgían las ánimas con miles de candelas entre la fronda de las mimosas. Y al tiempo que florecía en chispas la flor del bravo tojo de los montes y la retama, prendían los ramos de la forsitia. Y después brotaban ya en el suelo las lámparas de los primeros lirios y narcisos. Hasta que en la primavera reventaba el esplendor de la Lluvia de Oro. Era Alírio quien cuidaba de la iluminación con su encendedor.

Cuando Benito Mallo les enseñaba a las visitas distinguidas la magnífica botánica del pazo, entre la que sobresalían cual blasón las variedades de camelias, Alírio los seguía un poco apartado, con las manos entrelazadas tras la espalda, como el custodio de las llaves de aquella catedral. Le apuntaba al señor el nombre de las especies cuando éste se lo preguntaba y le hacía con mucha finura las imprescindibles correcciones.

Alírio, ¿cuántos años tendrá esta buganvilla?

Esta glicinia, señor, debe de tener la edad de la casa.

A Marisa le maravillaba el diagnóstico sentimental con que resumía el estado de los árboles, cosa que sólo hacía en momentos imprevistos, como si escribiese una receta en el aire. ¡Esas hojas pálidas! El limonero tiene melancolía. El rododendro está simpático. El castaño tiene la respiración claudicante. Aquel castaño fue para Marisa un hogar clandestino, el hueco de un camarote en el tronco centenario con su ojo de buey desde el que vigilar el mundo sin ser vista. Ella y el castaño compartían al menos un secreto. El del chófer y la tía Engracia. Ssssh.

Cuando le contó a Da Barca eso que Alírio había dicho del castaño, el novio médico quedó estupefacto. ¡Ese jardinero es un catedrático! ¡Un sabio! Y luego Daniel dijo pensativo: Los árboles son sus ventanas. Te está hablando de él.

Alírio se desvanece ahora entre la bruma de la ceniza.

El abuelo aparece en lo alto de la escalinata para recibirla. Los brazos le cuelgan rígidos de los hombros caídos y las bocamangas de la chaqueta casi le ocultan las manos, sólo visibles las garras contraídas en un bastón. Metálica empuñadura en cabeza de mastín. Sigue vivo el halcón de los ojos, el sello inconfundible de Benito Mallo, pero hay en él ese resentimiento con el que la mente lúcida se enfrenta a la esclerosis. Y por eso desciende la escalinata.

¿Quiere que le ayude?

No soy un difunto.

Y le dice que mejor hablan dando un paseo hacia la rosaleda, que hay que aprovechar el sol de invierno, que le va bien para combatir lo que él llama maldito reuma.

Estás muy guapa, dijo. Como siempre.

Marisa pensó en la última vez que se habían visto. Ella desangrándose, con las venas abiertas en el baño. Tuvieron que echar la puerta abajo. El abuelo decidió que aquello no había sucedido nunca.

Vengo a pedirle un favor.

Eso está bien. Es mi especialidad.

Hace ya un año y ocho meses que ha acabado la guerra. Dicen que habrá indultos para Navidad.

Benito Mallo se detuvo y tomó aire. El sol de invierno parpadeaba en la majestuosa vidriera de la araucaria. La respiración claudicante, pensó Marisa, buscando con la mirada la humareda del jardinero.

No te voy a engañar, Marisa. Hice todo lo posible para que lo matasen. Ahora, el mayor favor que os puedo hacer es no hacer nada.

Puedes más de lo que dices.

Se volvió hacia ella y la miró de frente, pero sin desafío, con la curiosidad de quien descubre un rostro ajeno reflejado en el río. Si remueves el agua, el rostro se te escurre entre las manos, inasible, y se recompone como una segunda realidad.

¿Estás segura? Tú has podido conmigo.

Le iba a decir: ¿Cuándo te darás cuenta de que existe eso que llaman amor? Y recordarle, para picarlo, aquel delirio que le había dado con la poesía. El episodio de su único recital había quedado como astracanada imborrable en los anales de Fronteira. Benito Mallo le había regalado a un gitano que iba camino de Coimbra los libros de aquel anaquel del hechizo y mandó poner en su lugar los tomos del Código Civil. Pero Marisa calló. El amor, abuelo, existe.

El amor, musitó él como si tuviese en la boca arenas de sal. Y luego dijo con voz ronca, arrancada de la garganta: No voy a hacer nada más. Sigue tu camino. Ése es mi favor.

Marisa no protestó, pues era lo que esperaba conseguir. Según las leyes de Fronteira, puja diez para ganar uno. Además, la palabra del abuelo comprometía a todo el clan, empezando por sus padres, sumisos como corderos ante el albedrío de Benito Mallo. Un salvoconducto familiar. No más maniobras, no más pretendientes para Penélope. Sigue tu camino: Me casaré con mi amor encarcelado.

Voy a casarme con él, dijo.

Benito Mallo calló. Echó una última ojeada a la vidriera vegetal de la araucaria y se volvió hacia el pazo. Daba el paseo por acabado.

Se escuchó el silbato de los perros. Couto, el chófer que le hacía las veces de guardián, se acercó con discreción.

Dispense, señor. Está ahí la mujer del de Rosal. El huido ya está en Lisboa. Y ella quiere darle las gracias.

¿Las gracias? ¡Que pague lo acordado y que se vaya!

Marisa sabía a qué se referían. El abuelo era de los vencedores. En Fronteira, la represión había sido especialmente cruel. Un osario de calaveras con agujero de bala. Demasiado para el sentido práctico. Y él era un hombre práctico.

Pasado mañana, dijo volviéndose de nuevo hacia Marisa, sale un tren de Coruña. Un tren especial. Y *tu doctor* va en él.

Dieciséis

El reloj de la estación de tren de Coruña estaba siempre parado en las diez horas menos cinco minutos. El chaval vendedor de periódicos tenía a veces la impresión de que la aguja de los minutos, la más larga, temblaba levemente hasta rendirse de nuevo sin poder con su peso, como ala de gallina. El niño pensaba que, en el fondo, el reloj tenía razón y que aquella avería eterna era una determinación realista. También a él le gustaría quedarse parado, pero no en las diez menos cinco sino cuatro horas antes, justo cuando su padre lo despertaba en la casucha en que vivían en Eirís. Fuese invierno o verano, una nube de niebla se aposentaba en aquel lugar, una humedad compacta que parecía ir encogiendo la casa año tras año, combando el tejado, abriendo grietas en las paredes. El niño estaba seguro de que, por la noche, uno de sus tentáculos bajaba por la chimenea y se fijaba en el techo con sus grandes ventosas, dejando aquellas manchas circulares como imágenes de cráteres de un planeta gris. El primer paisaje del despertar. El niño tenía que atravesar la ciudad hasta la Porta Real, donde recogía los ejemplares de *La Voz de Galicia*. A veces, en invierno, corría para ahuyentarse el frío de los pies. Su padre le había hecho unas suelas con pedazos de neumático de coche. Cuando corría, el niño hacía *runnn runnnn ruu uun* para abrirse paso por entre la niebla.

Todos sabían que el expreso de Madrid llegaría con mucho retraso. El niño no entendía muy bien por qué lo llamaban retraso si el tren siempre llegaba puntual dos horas después. Pero allí estaban todos, los taxistas, los maleteros, el viejo Betún, diciendo: Parece que viene con retraso. Eran ellos, empeñados en su error, los que llegaban a destiempo. Si aceptasen la realidad, él podría dormir un poco más y no tendría que cortar la niebla con su bocina fantástica.

El viejo Betún le dijo:

Sí, claro. Pero ¿y si un día llega a tiempo? Te crees muy listo, ¿eh, cabezón?

A él le gustaría vender tabaco. Pero eso ya lo hacía el viejo Betún, que antes había sido limpiabotas. Vendía tabaco y vendía de todo. Su abrigo era un gran almacén con un surtido imprevisible. Por eso lo llevaba puesto también en verano. Pero el niño solamente vendía periódicos. Hoy podría ser un buen día si los comprasen algunos de aquellos hombres. Entre ellos y los del expreso despacharía el lote y no tendría que andar voceando por ahí. De regreso iría dando un paseo con las manos en los bolsillos y compraría un botellín de gaseosa.

Pero ninguno de aquellos hombres que caminaban en fila iba a comprar el periódico. Sólo uno, alto, con un traje viejo sin corbata y un maletín de cuero gastado por las esquinas, se paró un instante y miró la primera página. Un titular en grandes caracteres. "Hitler y Franco se entrevistan." El hombre del traje sin corbata y maletín de cuero siguió leyendo a medida que se alejaba. La entradilla de la noticia en tipo destacado: "El Führer ha tenido hoy, con el Jefe del Estado español, Generalísimo Franco, una entrevista en la frontera hispano-francesa. La entrevista ha tenido lugar en el ambiente de camaradería existente entre ambas naciones". Puesto que parecía interesarle la noticia, si aquel hombre comprase un periódico podría encontrar en el interior un comentario de la agencia oficial Efe en el que se señalaba que "la figura señera y soberana del Caudillo, en la ya histórica entrevista con el Führer, ha ratificado ante Europa y el mundo la voluntad imperial de nuestra Patria". Pero aquel hombre no podía abrir el periódico por la sencilla razón de que formaba parte de la fila, aunque casi era el último, y justamente llevaba detrás un guardia de tricornio y capote, armado de fusil, que no se detuvo ante el chaval vendedor de periódicos sino que siguió marcando el paso.

A esa hora no estaba prevista la salida de ningún tren, pero esta mañana había estacionado un convoy en una de las vías principales. Era un convoy de vagones cerrados con madera, de los usados para transporte de mercancías y ganado. Los hombres formaron en el andén y dejaron en el suelo los mínimos atados de ropa que llevaban. Un guardia los fue contando diciendo en voz alta sus respectivos números. El niño pensó que de llamarse por un número le gustaría ser el 10, que era el que le correspondía a Chacho, su futbolista preferido, aquel que decía: ¡Hay que pasar la bola colgada de un hilo! Pero apareció de nuevo otro guardia, distinto del de antes, y los contó de nuevo. Y uno de los factores de la estación también pasó cantando los números, éste mucho más rápido, como si compitiese con los anteriores. Quizá les faltaba uno, pensó el niño, y miró alrededor y debajo de los vagones. Pero a quien encontró fue al viejo Betún que le dijo:

Son presos, cabezón. Presos que están enfermos. Tuberculosos.

Y escupió en el suelo un salivazo y luego lo pisó como se hace con los bichos, que se pisan adrede.

Desde donde estaba, en línea con la puerta principal y con la sala de taquillas por el medio, el chaval vendedor de periódicos podía controlar quién entraba en la estación. Normal, pues, que viese a las dos mujeres en cuanto bajaron de un taxi. Una era mayor, sin ser vieja, y la otra más joven, pero vestían de forma parecida, como si compartiesen la ropa y la barra de labios. Bien, pensó el chaval vendedor de periódicos, estas dos tienen toda la pinta de comprar el periódico. Porque adivinaba quién compraba o no el periódico nada más verlos aunque, claro está, a veces se equivocaba e incluso se llevaba sorpresas. Una vez, por ejemplo, le compró el periódico un ciego. Y, además de los viajeros, tenía unos clientes fijos muy especiales, sus asiduos: la vendedora de flores descalza, la pescantina y el castañero. Seguramente, muchos periodistas desconocen la gran utilidad que tienen los periódicos. El castañero, por ejemplo, hacía unos cartuchos cónicos tan perfectos como las flores de cala que vendía la florista de los pies descalzos.

Estas dos señoritas de cara lavada, pensó ahora el chaval de los periódicos, seguro que me compran un periódico. Pero se equivocó. Quizá fue por su culpa. Porque la más joven, al principio, atendió a su llamada, e incluso quedó clavada ante la primera página con la histórica foto del Führer y Franco. Pero luego desvió la mirada hacia el andén y a él se le ocurrió decir:

Son presos, señorita. Presos enfermos. Tuberculosos.

Y dudó si escupir al suelo como había hecho el viejo Betún, pero no lo hizo por falta de confianza y porque, además, la mujer lo miró con ojos repentinamente llorosos, como si le hubiese entrado una arena, y se echó a correr hacia el andén como empujada por un resorte. Y sus zapatos de medio tacón llenaron de eco toda la estación, e incluso parecía que sacudían de su somnolencia la aguja de los minutos.

El chaval de los periódicos vio cómo la mujer joven recorría con angustia la fila de pre-

sos, sin contar números, y cómo al fin se abraza-
ba al hombre del traje viejo sin corbata. Ahora,
en la estación, todo quedaba detenido, más detenido aún de lo normal, pues cuando pasaba el al-
boroto propio de las llegadas o salidas, la estación adquiría un aire de callejón sin salida.
Todo fuera del tiempo, en el reloj parado, menos aquellos dos abrazándose. Hasta que un teniente salió de su propia estatua, se dirigió hacia
ellos y los separó como hace el podador con las
gavillas de las plantas.

Y, por último, pasó un guardia que contaba muy despacito, como si no le importase que
pensasen que no sabía contar, y que al hacerlo
apuntaba a los presos con la batuta de un lápiz
grueso y encarnado.

Como el que usa mi abuelo, pensó el chaval
vendedor de periódicos. Un lápiz de carpintero.

Diecisiete

Se abrazaron en la estación, le contó Herbal a Maria da Visitação. Ninguno de los dos se movió. No sabíamos muy bien qué hacer. Así que fue el teniente y los separó. Los apartó uno del otro, como hace el podador con las gavillas de las plantas.

Yo los había visto así en otra ocasión, sin que nadie pudiese separarlos.

Fue el día que descubrí que estaban enamorados. Nunca antes los había visto juntos, ni podía imaginar que Marisa Mallo y Daniel Da Barca fuesen a formar pareja. Eso estaría bien para una novela, pero no para la realidad de aquel tiempo. Era como echar pólvora en el incensario.

Lo cierto es que me los encontré por casualidad, paseando juntos al atardecer por la Rosaleda de Santiago, y decidí seguirlos. Era al final del otoño. Hablaban muy animados, sin cogerse, pero se acercaban más el uno al otro cuando las ráfagas de viento levantaban bandadas de hojas secas. En la Alameda se hicieron una foto, una de esas que van enmarcadas en un corazón. El fotógrafo tenía un cubo de agua en el que bañaba las fotos. Se puso a llover, y todos corrieron para el palco de música, pero yo me resguardé en los retretes públicos que había allí. Me los imaginé riendo, rozándose los cuerpos, mientras la brisa iba secando la foto. Y cuando escampó, ya anochecido, volví a seguirlos por las calles de la ciudad vieja. Fue un paseo interminable, sin arrimos ni carantoñas, y empecé a hartarme. Además, se puso a llover otra vez. Esa lluvia de Santiago que se te mete en los bronquios y vas como un anfibio. Hasta los caballos de piedra echan agua por la boca.

¿Y qué pasó?, preguntó con ansia Maria da Visitação, desinteresada de los caballos que echan agua por la boca.

Lloviendo y todo, se pararon en medio de la Quintana dos Mortos. Debían de estar empapados, porque yo estaba chorreando, y eso que iba por los soportales. Están locos, pensé, van a coger una pulmonía. ¡Carajo con el médico! Pero entonces ocurrió aquello. Lo de la Berenguela.

¿Quién es la Berenguela?

Una campana. La Berenguela es una campana de la catedral, que da a la Quintana. A la primera campanada, ellos se abrazaron. Y fue como si no se fuesen a soltar nunca, porque daban las doce. Y la Berenguela va tan despacio que dicen que es buena para darle un punto al vino de los barriles, pero no sé cómo no vuelve locos a todos los relojes.

¿Cómo se abrazaban, Herbal?, le preguntó la chica del club de alterne.

He visto a un hombre y una mujer hacerse de todo, pero aquellos dos se bebían uno al otro. Se lamían el agua con los labios y con la lengua. Sorbían en las orejas, en el hueco de los ojos, cuello arriba desde los pechos. Estaban tan empapados que se debían de sentir desnudos. Se besaban como dos peces.

De repente, Herbal dibujó con el lápiz dos líneas paralelas en la servilleta de papel blanco. Y luego las cruzó con otras más gruesas y cortas. Las traviesas.

El tren, el tren perdido en la nieve.

Maria da Visitação se fijó en el blanco de los ojos de Herbal. Un blanco algo amarillento, como de unto ahumado. Sobre ese fondo, el iris avivaba en los silencios como un tizón. Si lo dejase crecer, quizá el blanco del pelo tendría ya un tono venerable, pero aparecía en gris oscurecido por un drástico corte de recluta. Era un hombre ya mayor, por no decir viejo. Pero su constitución era flaca y tensa, de madera nudosa y enrojecida. Maria da Visitação empezaba a pensar en la edad porque ya había cumplido veinte años el mes de octubre. Conocía gente mayor que parecía mucho más joven de lo que era por una especie de pacto alegre y despreocupado con el tiempo. Otras personas, como era el caso de Manila, la dueña del local, tenían una relación casi patética con la edad, intentando disimular sus huellas, en un empeño vano pues sus paramentos, los trajes demasiado ceñidos y el exceso de alhajas no hacían más que acentuar el contraste. Pero sólo conocía a una persona, y ésa era Herbal, que se mantenía más joven por fatalidad. No se sabía muy bien si sus ahogos eran por querer respirar o por no querer. Esa rabia contra el lento pasar del tiempo salía a relucir en los momentos difíciles de la noche. Bastaba con que desde el fondo de la barra apuntase con el fusil de su mirada para que el cliente más fanfarrón apoquinase el dinero sin rechistar.

A veces, cuando despierto con el ahogo tengo la sensación de que todavía estamos allí, parados en una vía nevada en la provincia de León. Y hay un lobo que nos mira, que mira el convoy, y yo bajo la media ventana y apunto con el fusil apoyado en el vidrio y el pintor me dice: Pero ¿qué haces? ¿No lo ves?, le digo yo, voy a matar a ese lobo. No deshagas la pintura, dice él. Me ha dado mucho trabajo.

El lobo da media vuelta y nos deja solos, en vía muerta.

Otro, señor, le dice un guardia al teniente. En el vagón nueve.

El teniente que blasfema como se hace ante un enemigo invisible. Tratándose de muertos, no le gustaba el número tres. Un muerto es un muerto. El segundo, una compañía para el primero. Había quedado impasible. Pero a partir de ahí ya era un montón de muertos. Un caso. Era aún un hombre joven. Maldijo aquella misión sin la más mínima gloria. Comandar un tren olvidado, cargado de derrota y tisis, y aun por encima atrancado por los obuses locos, absurdos de la naturaleza. Un harapo descosido de la guerra. Apartó de la cabeza una hipótesis estremecedora: No puedo llegar a Madrid con una funeraria a la espalda.

Tres muertos ya. ¿Qué carajo está pasando?

Se ahogan en sangre. Les da un ataque de tos y se ahogan en su propia sangre.

Mirada fulminante: Ya sé cómo es. No hace falta que me lo explique. ¿Y el médico? ¿Qué hace el médico?

No para, señor. De un vagón a otro. Me manda a decirle que hay que desalojar el último vagón y destinarlo a los cadáveres.

Pues háganlo. Éste, dijo por Herbal, y yo vamos a ir andando hasta esa jodida estación. Y avisen al maquinista. Vamos a mover este tren aunque sea a tiros.

El teniente miró con inquietud hacia el exterior. A un lado la llanura, blanca como la nada. Al otro, una arqueología helada de convoyes varados y cobertizos que parecían panteones de esqueletos ferroviarios.

¡Esto es peor que la guerra!

En aquel tren habían reunido a los presos tuberculosos, con la enfermedad avanzada, de los penales del norte de Galicia. En la miseria de la posguerra, el mal del pecho se extendía como una peste, agravado por la humedad de la costa atlántica. El destino final era un sanatorio penitenciario en la sierra de Valencia. Pero antes había que llegar hasta Madrid. En aquel tiempo, un tren de viajeros podía tardar dieciocho horas entre A Coruña y la Estación del Norte en la capital.

El nuestro se denominaba Tren de Transporte Especial, le dijo Herbal a Maria da Visitação. ¡Y tan especial!

Cuando subieron los presos a los vagones, muchos de ellos ya se habían comido las provisiones alimenticias: una lata de sardinas. Como ropa de abrigo se les dio un cobertor. La nieve apareció ya por los altos de Betanzos y no los dejó hasta Madrid. El Tren de Transporte Especial tardó por lo menos siete horas en llegar a Monforte, el nudo ferroviario que enlazaba Galicia con la meseta. Pero faltaba lo peor. Atravesar las montañas de Zamora y León. Cuando se detuvo en Monforte, ya anochecía. Los presos tiritaban de frío y fiebre a un tiempo.

Yo también estaba aterido, contó Herbal. Nosotros, los del destacamento de guardia, íbamos en un vagón de viajeros, con asientos y ventanas, detrás de la locomotora. Era una máquina de vapor que tiraba malamente, como si también tuviese el mal del pecho.

Sí, yo iba voluntario. Me presenté nada más conocer la noticia de aquel tren que llevaba a los tuberculosos a un sanatorio penitenciario en Levante. Yo estaba convencido de tener aquel mismo mal, pero disimulaba todo el tiempo, eludía los reconocimientos médicos, cosa que me resultaba muy fácil. Pensaba que me darían de baja, con una paga miserable, y que quedaría fuera de juego para siempre. No quería volver a la aldea paterna, ni a casa de mi hermana. La última vez que había hablado con mi padre fue al volver de Asturias. Discutimos mucho. Me negué a trabajar, le dije que estaba de permiso y que él era un animal. Y entonces mi padre, con una serenidad desconocida, respondió: Yo no he matado a nadie. Cuando éramos jóvenes y nos reclutaron para Marruecos, nos echamos al monte. Sí, soy un animal, pero no he matado a nadie. ¡Date por satisfecho si cuando seas viejo puedes decir lo mismo! Ésa fue la última vez que hablé con mi padre.

Cuando lo del tren, acudí de nuevo al sargento Landesa, que para entonces ya había ascendido. Un favor, señor. Arrégleme las cosas para que pueda quedar allí, en la guardia del sanatorio. Quiero cambiar un poco de clima. Y va el médico ese, el doctor Da Barca, ¿recuerda? Creo que sigue en contacto con la resistencia. Lo mantendré informado, por supuesto.

El teniente, Herbal y el maquinista se acercan a la estación leonesa. La nieve les cubre las botas. La sacuden en el andén. El teniente echa chispas. Va a discutir con el jefe de estación, lo va a poner firme. Pero del despacho sale un comandante. El teniente, sorprendido, tarda en cuadrarse. El comandante, antes de hablar, lo mira con severidad y espera el gesto de acatamiento jerárquico. El teniente taconea, se cuadra y saluda con una precisión mecánica. A sus órdenes, mi comandante. Hace mucho frío pero él tiene la frente cubierta de sudor. Vengo al mando del Tren Especial y...

¿El Tren Especial? ¿De qué tren me habla, teniente?

Al teniente le tiembla la voz. No sabe por dónde empezar.

El tren, el tren de los tuberculosos, señor. Tenemos ya tres muertos.

¿El tren de los tuberculosos? ¿Tres muertos? ¿Qué me está contando, teniente?

El maquinista va a hablar: Puedo explicárselo, señor. Pero el comandante, con un gesto enérgico, lo manda callar.

Señor, hace ya cuarenta y ocho horas que hemos salido de Coruña. Se trata de un tren especial. Llevamos presos, presos enfermos. Tuberculosos. Tendríamos que estar ya en Madrid. Pero ha debido de haber una confusión. En León nos dieron paso pero con desvío hacia el norte. Varias horas, señor. Cuando nos dimos cuenta, retrocedimos. Pero no fue fácil, comandante. Desde entonces, estamos en vía muerta. Nos dijeron que había otros trenes especiales.

Los hay, teniente. Usted debería saberlo, dijo el comandante con sorna. Se está reforzando la costa noroeste. ¿O es que no ha oído hablar de la Segunda Guerra Mundial?

Llamó al factor de circulación.

¿Qué hay de un tren de tuberculosos?

¿Un tren de tuberculosos? Le dimos paso ayer, señor.

Ha habido una confusión, iba a explicar de nuevo el teniente. Pero reparó en que la mirada del comandante se dirigía desorbitada hacia las vías.

Balanceándose, con andar torpe y arrastrado por la nieve, se aproximaba una comitiva con un hombre en unas parihuelas. Ya antes de que su mente le hubiese confirmado aquella visión, él intuyó lo que estaba pasando. Al frente marchaba aquel maldito doctor, escoltado por dos de los guardias. Mientras se acercaban, el teniente Goyanes empalmó aquella secuencia lenta con otras imágenes recientes. El abrazo entregado en la estación, que él había cortado con las tenazas de sus manos, perturbado por aquel beso interminable que alteraba los cimientos de la realidad como un seísmo. La conversación posterior en el tren, una maniobra errónea de aproximación. Había intentado justificarse con un toque humorístico, sin que sonase a disculpa:

Alguien tenía que separarlos. Si por usted fuese, claro, se nos echaría la noche encima. He, he. ¿Era su mujer? Es usted un hombre con suerte.

Se dio cuenta de que todo lo que estaba diciendo tenía un hiriente doble sentido. El doctor Da Barca no le respondió, como si sólo escuchase el chasquido del tren que lo separaba del abrazo cálido y reciente de la hembra. El teniente le había mandado tomar asiento en su vagón.

Al fin y al cabo, también él estaba a cargo de la expedición. Tenían cosas de que hablar.

Pasado el gran túnel que borraba el horizonte urbano, el tren se había adentrado en la acuarela verde y azul de la ría del Burgo. El doctor Da Barca parpadeó como si aquella belleza le doliese en los ojos. Desde sus barcas, con largos raños[*], los mariscadores arañaban el fondo marino. Uno de ellos dejó de faenar y miró hacia el tren, con la mano de visera, erguido sobre el balanceo del mar. El doctor Da Barca se acordó de su amigo el pintor. Le gustaba pintar escenas de trabajo en el campo y en el mar, pero no con ese tipismo folklórico que las embellecía como estampas bucólicas. En los lienzos de su amigo el pintor, la gente aparecía mimetizada con la tierra y el mar. Los rostros parecían surcados por el mismo arado que hendía la tierra. Los pescadores eran cautivos de las mismas redes que capturaban los peces. Llegó un momento en que los cuerpos se fragmentaron. Brazos hoz. Ojos de mar. Piedras de rostro. El doctor Da Barca sintió simpatía por el mariscador erguido en su barca contemplando el tren. Quizá se preguntaba adónde iba y qué llevaba. La distancia y el chasquido de la máquina no le dejarían oír la estremecedora letanía de toses que repicaban en la

[*] Instrumento de marisqueo, parecido a un larguísimo rastrillo, que se arrastra sobre la arena para levantar berberechos o almejas, que quedan depositados en una especie de red metálica. *(N. de la T.)*

sordidez de los vagones de ganado como panderos de cuero empapados en sangre. El paisaje le sugirió una fábula: El cormorán que sobrevolaba al mariscador estaba transmitiendo telegráficamente con su graznido la verdad del tren. Recordó la amargura de su amigo el pintor cuando dejó de recibir las revistas de arte de vanguardia que le enviaban desde Alemania: La peor enfermedad que podemos contraer es la de la suspensión de las conciencias. El doctor Da Barca abrió su maletín y sacó un opúsculo de tapas gastadas, *Las raíces biológicas del sentimiento estético*, por el doctor Nóvoa Santos.

El teniente Goyanes se sentó frente a él. Miró de reojo la cubierta del librito. Este doctor Da Barca, calculó, sería un poco mayor que él, pero no mucho más. Tras el incidente de la partida, cuando le informaron de que era el médico, había adoptado una actitud de camaradería, pero con la superioridad de un guía de excursionismo. Ahora, sin importarle interrumpir la lectura del otro, le contaba que él también había sido universitario, que había estudiado algunos cursos de Filosofía antes de incorporarse al ejército de Franco como alférez provisional. Después había decidido seguir la carrera militar. ¡La filosofía!, exclamó con tono irónico. También yo me sentí atraído por Marx y todos esos profetas de la redención social. Como el *duce* Mussolini. Fue socialista, ¿sabe? Sí, claro que lo sabe. Hasta aquel bendito día en que apareció el filósofo guerrero. El enterrador del presente. Él me liberó de la grey de los esclavos.

El doctor Da Barca seguía leyendo, ignorándolo adrede, pero él conocía la manera de hacerlo hablar.

Pasé entonces de preocuparme por los monos a interesarme por los dioses.

Había acertado. El doctor dejó finalmente el libro y lo miró de frente:

Pues nadie lo diría, teniente.

Él lanzó una carcajada y le dio una palmada en las rodillas.

Así me gusta, dijo poniéndose en pie, un rojo con cojones. Siga preocupándose por los monos.

Ya no tendría ocasión de bromear más. Las cosas comenzaron a enredarse como si el convoy fuese conducido por el diablo. En Monforte no llegó el previsto repuesto de comida para los presos. Luego vino aquel calvario en las montañas de nieve. El médico iba sin descanso de vagón en vagón. La última vez que yo lo había visto fue arrodillado, a la luz de un candil, limpiando la sangre oscura cuajada entre las púas de la barba del primer muerto.

El doctor traía ahora el pelo blanqueado de copos. Uno de los guardias se adelantó a dar explicaciones: Nos dijo que era un caso de vida o muerte, señor, que usted lo había autorizado. Ante el comandante, en la estación azotada por la ventisca, el teniente Goyanes pensó que era obligado dar una muestra de autoridad. Cogió repentinamente el fusil del guardia y derribó de un culatazo a Da Barca.

¡No tenía usted mi permiso!

En el suelo, el doctor pasa el dorso de la mano por la mejilla. Sangra por el lugar del golpe. Con calma, coge un puñado de nieve y se lo aplica como un bálsamo. Óleo de sangre y nieve, dice el pintor en la cabeza de Herbal. La pomada de la historia. ¿Por qué no le ayudas a levantarse?

Estás loco, murmura el guardia.

Ayúdale, ¿no ves que está haciendo todo esto para sacarnos de este maldito atasco?

El cabo Herbal duda. De repente, se adelanta y le extiende una mano al herido para que pueda ponerse en pie.

Reaccionó con mucha sorpresa, le contó a Maria da Visitação. Quizá se acordaba del día de la detención, cuando le di aquella paliza. Pero después le devolvió el golpe al teniente con el filo de su mirada. En eso era superior. Dejaba al otro achicado.

La tos. El factor de la estación se volvió hacia el enfermo de las parihuelas como si hubiese sonado el timbre del teléfono de manubrio.

El comandante que aparta al teniente:

¿Pero qué carajo está pasando?

Este hombre va camino de una hemoptisis dramática, le dice el doctor Da Barca. En cualquier momento se ahogará en su propia sangre. Ya se nos han ido tres.

¿Y qué pretende trayéndolo aquí? Sé lo que es la tuberculosis. Si está para morir, tendrá que morir. El hospital más próximo queda en el quinto infierno.

Sólo hay una cosa que se puede hacer. Sin perder más tiempo. Necesito una habitación con buena iluminación, una mesa y agua hervida.

La mesa del factor tenía un cristal sobre la madera. El cristal cubría un mapa de los ferrocarriles de España. Echaron por encima una colcha y acostaron al enfermo. En el cazo del hornillo empezó a hervir el agua con la aguja de la jeringa. El son del burbujeo era semejante al de la respiración del enfermo. Mientras asistía a los preparativos de aquella operación a lo bravo, Herbal trató de escuchar su propio pecho. Las cosquillas del mar en la esponja de arena. Amasó la saliva contra el paladar por ver si notaba el sabor dulce de la sangre. Sólo el pintor conocía su angustia, el secreto de la enfermedad oculta. Espiaba los síntomas de los otros. Aparentando indiferencia, registraba todo comentario médico referido al mal del pecho. Aprendía en cada signo de su cuerpo.

¡La Generación Doliente! Los mejores artistas gallegos murieron muy jóvenes, le había dicho el pintor. La guadaña es muy artística en Galicia, Herbal. Si lo tienes, el tuyo es un mal célebre.

Y eran muy atractivos, con la belleza de la melancolía. Las mujeres enloquecían por ellos.

¡Hombre, gracias!, dijo el guardia. Es un consuelo.

Eso no va por ti, Herbal.

Ahora se fijó en el enfermo, acostado sobre la mesa del factor de la estación. Era un muchacho muy joven, casi imberbe. Pero en la expresión de sus ojos había un liquen antiguo. Conocía su historia. Se llamaba Seán. Desertor. Había vagado durante tres años huido por el monte Pindo, viviendo como un animal roqueño. Docenas de hombres topó por aquellas cuevas. En sus batidas, la Guardia Civil nunca los encontraba. Hasta que descubrieron el código de señales. Las lavanderas eran sus cómplices, escribiendo mensajes en los matorrales con los colores de sus trapos.

¿Qué le va a hacer?, preguntó el comandante.

Un pneumotórax, dijo el doctor Da Barca, un pneumotórax a lo bravo. Se trata de que entre aire en el pecho para que comprima los pulmones y detenga la hemorragia.

Y a continuación armó la jeringa, miró con serenidad a Seán y le guiñó un ojo en señal de ánimo.

Vamos a salir de ésta, ¿eh, compañero? Sólo es una picadura entre las costillas.

Así. Sólo una picadura. Una picadura de abeja en el pecho de lobo.

Pero después el médico calla. Tan absorto, parece que con los ojos radiografía el pecho, que la linterna de la mirada guía el curso perforador de la aguja. Herbal es uno de los que sujetan al enfermo. Éste cierra los puños, clava las uñas en su propia palma. El médico queda inmóvil, la aguja espetada, atento al fuelle del pecho. Sobre la mesa del factor, en las cuevas de aquel hombre, un sonido de manantiales, el órgano del viento.

El tren arrancó aquella misma tarde, le contó Herbal a Maria da Visitação. Pasó de inmediato por todas las estaciones. El tren perdido en la nieve era ahora un tren fantasma. Nadie se acercaba en las breves paradas. Algunos de nosotros salíamos por víveres. Volvíamos con las manos vacías. Todas las estaciones olían a hambre, dijo Herbal mirando su spray ambientador encima de la mesa. A pesar de todo eso, aún recuerdo un detalle. En Medina del Campo un hombre tocó en la ventana y saludó a Da Barca. Luego desapareció y, cuando el tren ya arrancaba, volvió con un saco de castañas. Lo pillé casi por el aire, desde la puerta del vagón. Gritó: ¡Son para el doctor! Era un hombre grandón, con aire entrecortado. Gengis Khan. Entre las castañas, un billetero. Lo ha debido de mangar aquí mismo, en la estación, pensé. Iba a quedarme con él. Al final, cogí la mitad de los billetes y le di el saco al doctor.

¿Y qué fue de aquel muchacho, el desertor?, preguntó con ansia Maria da Visitação.

Murió en Porta Coeli. Sí, murió en aquel sanatorio al que llamaban la Puerta del Cielo.

Dieciocho

El doctor Da Barca estaba escribiendo una carta de amor. Por eso tachaba mucho. Pensó que para tal mester el lenguaje resultaba de una pobreza extrema y sintió no tener la desvergüenza de un poeta. Él la tenía cuando se trataba de otros presos. Parte de su terapia consistía en animarlos a recordar sus querencias y a enviar unas letras por correo. Y él prestaba su mano para escribir con buen humor alguna de aquellas cartas. Se llama Isolina, doctor. ¿Isolina? Isolina... *Olor a verde limón y a naranja mandarina*. ¿Qué te parece?

Le va a gustar, doctor. Ella es muy natural.

Pero cuando se trataba de él, sentía que, en efecto, todas las cartas de amor eran ridículas. A veces quedaba asombrado de lo que un enfermo podía decir sin artificio. Doctor, póngale que no se preocupe por mí. Que mientras ella viva, yo nunca moriré. Que cuando me falta el aire, respiro por su boca.

Y aquel otro: Ponga ahí que volveré. Que volveré para tapar todas las goteras del tejado.

Tachó de nuevo el encabezamiento. Ésta de hoy tenía que ser una carta especial. Por fin, escribió: Mujer. Fue entonces cuando oyó que llamaban a la puerta de su cuarto. Ya era tarde para los hábitos del sanatorio penal, pasadas las once de la noche. Quizá se tratase de una urgencia. Abrió, dispuesto a disimular la contrariedad. La madre Izarne. En otras ocasiones bromearía a cuenta de su hábito de mercedaria, ¡ah, pensé que se trataba de una migaja ectoplasmada! Pero esta vez notó una sensación de irrealidad que lo perturbó por la parte del pudor. La monja sonreía con una picardía de mujer. De repente, sin otro saludo, sacó de debajo de la falda una botella de coñac.

Para usted, doctor. ¡Para su noche de bodas!

Y se fue apresurada por el pasillo, como quien huye de una alegre osadía, dejando un aura de ojos iluminados.

Azul gris verde. Ojos algo rasgados, con un pliegue de piel en semiluna en los párpados.

Como los de Marisa. Dios no existía, pensó Da Barca, pero sí la Providencia.

Fue ella misma, la madre Izarne, quien al atardecer le había entregado, muy alegre, el telegrama que confirmaba la celebración de la ceremonia de su boda. Aquella mañana, Marisa había dicho el "Sí, quiero" en la iglesia de Fronteira. Sabía la hora. En Porta Coeli, a mil kilómetros de distancia, el doctor acompañaba a los enfermos en su paseo matutino. Llevaba camisa blanca y su viejo traje de fiesta. Entre pinos y olivos, cerró los ojos y dijo: Sí, quiero, claro que quiero.

¡Eh, compañeros! El doctor sueña despierto.

Amigos, tengo que daros una noticia. ¡Me acabo de casar!

Los otros algo sabían, le contó Herbal a Maria da Visitação, porque lo rodearon gritando: ¡Felicidades, Da Barca! Llevaban en los bolsillos puñados de flores de retama, que habían ido recogiendo por el camino, y lo cubrieron con aquel oro de la montaña. Se habían casado por poderes. ¿Sabes cómo es eso? El hermano de ella, Fernando, ocupaba en la iglesia el lugar del novio. El doctor había tenido que firmar un documento ante notario. En todo esto le ayudó mucho la superiora de las monjas, la madre Izarne, que incluso firmó como testigo. Se lo tomó con tanto interés como si fuese ella misma quien se fuese a casar.

¿Tenías celos, eh?, comentó sonriente Maria da Visitação.

Era una monja guapísima, dijo Herbal. Y muy lista. Es cierto que se parecía a Marisa. Tenía un aire con ella. Pero, claro, era monja. A mí me odiaba. No sé por qué me odiaba tanto. Al fin y al cabo, yo era un vigilante y ella la superiora de las monjas que atendían el hospital penitenciario. Estábamos, eso pensaba yo, en el mismo bando.

Herbal miró por la ventana ya abierta, como buscando la luz lejana y parpadeante del recuerdo. Ya había oscurecido y se podían distinguir los faros de los coches por la carretera de Fronteira.

Un día me pilló abriendo la correspondencia de los presos. Me interesaban sobre todo

157

las cartas dirigidas al doctor Da Barca, claro. Las leía con mucha atención.

¿Para denunciar?, le preguntó Maria da Visitação.

Si veía alguna cosa rara, sí. Tenía que dar parte. Me había llamado mucho la atención la correspondencia que mantenía con un amigo, un tal Souto, en la que sólo hablaba de fútbol. Su ídolo era Chacho, un jugador del Deportivo coruñés. Me resultaba extraña aquella pasión por el fútbol en el doctor Da Barca, a quien nunca le había oído emocionarse con el balón. Pero en sus cartas, porque yo también las leía pues el control era de ida y vuelta, decía cosas tan atinadas como que había que pasar el balón colgado de un hilo, o que lo que tenía que correr era el balón, que para eso era redondo, y no el jugador. A mí también me gustaba Chacho, así que las dejé pasar sin darles más vueltas. Pero, en realidad, las que más me interesaban eran las de Marisa. Las comentaba con el difunto pintor. Le gustó mucho una en la que había un poema de amor que hablaba de los mirlos. La retuve durante una semana. La llevaba en el bolsillo, para releerla. A mí no me escribía nadie.

El caso fue que un día esta madre Izarne entró en la oficina de la portería y me pilló muy confiado, con un montón de sobres abiertos extendidos encima de la mesa. Yo seguí como si nada. Di por supuesto que ella estaba al tanto de que se controlaba la correspondencia. Pero se indignó toda. Yo le dije un poco nervioso: Tranquila, madre, es un trámite oficial. Y no grite tanto, que le va a oír tododiós. Y ella dijo aún más indignada: ¡Quite sus sucias manos de esa carta! Y me la arrancó, con tan mala suerte que la rompió en dos.

Miró el encabezamiento. Era de Marisa Mallo para el doctor Da Barca, la del poema de amor que hablaba de los mirlos.

A ella le temblaban los trozos en la mano. Pero siguió leyendo.

Yo le dije:

No tiene interés, madre. No habla de política.

Ella me dijo:

Cerdo.

Cerdo con tricornio.

Desde que llegamos, yo me encontraba bien. Comparado con el clima de Galicia, el de Porta Coeli era una larga primavera. Pero en aquel inesperado problema con la monja, sentí de nuevo aquel condenado burbujeo del pecho, el ahogo que llegaba.

Ella me debió de notar en los ojos la llegada del espanto. Cada una de aquellas monjas valía por una mutua de seguros. Dijo:

Usted está enfermo.

Por lo que más quiera, madre, no diga eso. Son sólo los nervios. Los nervios que se me meten en la cabeza.

Eso también es una enfermedad, dijo ella. Se cura rezando.

Ya rezo. Pero no se me arregla.

¡Pues váyase al infierno!

Era muy lista. Tenía mucho genio. Se fue con la carta partida en dos.

Le comenté lo sucedido a un inspector de policía, un tal Arias, que subía de vez en cuando desde Valencia, sin referirme, por supuesto, al asunto de mi salud. Nunca te cruces en el camino de una monja, soltó riendo, o ten por seguro que acabarás en el infierno.

El inspector Arias, con su bigotito recortado, tenía mucha teórica. Dijo:

En España no habrá nunca una dictadura perfecta, al estilo de la de Hitler, que funciona como un reloj. ¿Y sabes por qué, cabo? Por culpa de las mujeres. Las mujeres. En España, la mitad de las mujeres son putas y la otra mitad monjas. Lo siento por ti. A mí me ha tocado la primera mitad.

Ha, ha, ha.

Un viejo chiste cuartelero.

Yo sé cuentos, pero para los chistes soy muy malo, le dije.

Había un perro que se llamaba Chiste. Murió el perro y se acabó el chiste.

Ha, ha, ha. ¡Qué tontería, gallego!

El infierno. Nunca te cruces en el camino de una monja. Herbal aprovechó la ocasión para decirle al inspector que sería mejor que dejase lo de la correspondencia.

No se preocupe, dijo el otro. Haremos que nos la pasen por comisaría.

¿Tú crees que a ella le gustaba?, preguntó Maria da Visitação, yendo a lo que le interesaba.

Él tenía algo, ya te lo he dicho. Para las mujeres era como un gaitero.

Nadie sabía muy bien cuándo dormía el doctor Da Barca. Sus vigilias eran siempre de libro en mano. A veces caía rendido en el pabellón de los enfermos, o tumbado fuera, el pecho abrigado por el libro abierto. Ella empezó a prestarle obras que luego comentaban. Las conversaciones se prolongaban con el buen tiempo, por la noche, cuando los enfermos salían afuera a tomar el fresco.

Bajo la luna, andaban y reandaban el camino del monte de pinos.

Lo que no sabía Herbal era que en una ocasión la monja Izarne también había mandado al infierno al doctor Da Barca. Fue durante la primavera siguiente a la llegada de él a Porta Coeli y por causa de Santa Teresa.

Ella dijo:

Me ha decepcionado, doctor. Sabía que no era religioso, pero pensé que era usted un hombre sensible.

Él dijo:

¿Sensible? En el *Libro de la vida* ella dice: Me dolía el corazón. Y era cierto, le dolía el corazón, le dolía esa víscera. Tenía angina de pecho y sufrió un infarto. El doctor Nóvoa Santos, el maestro patólogo, fue a Alba, donde se guarda el relicario, e inspeccionó el corazón de la santa.

Era un hombre honesto, créame. Pues llega a la conclusión de que lo que se tiene por llaga, por huella del dardo angélico, no es otra cosa que el *sulcus atrioauricular*, el surco que separa las aurículas del atrio. Pero también encuentra una cicatriz, propia de una placa de esclerosis, que indica un infarto. El ojo clínico, como el maestro Nóvoa subraya, no puede explicar un poema, pero un poema puede muy bien explicar lo que el ojo clínico ignora. Y ese poema: *Vivo sin vivir en mí, y tan alta vida espero, que muero porque no muero*. ¡Muero porque no muero! Ese poema...

¡Es una maravilla!

Sí. Y también un diagnóstico médico.

Eso es una grosería, doctor. Estamos hablando de poesía, de unos versos sublimes, y usted, usted me habla de vísceras como un forense.

Disculpe, yo soy patólogo.

Eso. ¡Un pato loco!

Escuche, Izarne. Madre Izarne. Esos versos son excepcionales. Ningún patólogo podría describir así una enfermedad. Ella transforma esa debilidad, la muerte transitoria que le causa el ángor, en una expresión de cultura o, si prefiere, del espíritu. Un suspiro hecho poema.

Para usted, muero porque no muero ¿no es más que un suspiro?

Sí. Un suspiro digamos muy cualificado.

¡Virgen Santísima! Es usted tan frío, tan cínico, tan...

¿Tan qué?

Tan soberbio. No reconoce a Dios por pura soberbia.

Al contrario. Por pura modestia. Si realmente Santa Teresa y los místicos se dirigen a Dios es con una arrogancia tal que cae en el campo de la patología. *¡Ver a Dios mi prisionero!* Con sinceridad, prefiero el Dios del Antiguo Testamento. Alto en su altura, dirigiendo los astros como quien dirige una película de Hollywood. Prefiero pensar que el Dios de Santa Teresa tiene una encarnación real, un ser humano despistado que ni estaba al tanto de las ansias de la santa. *¡Qué vida tan amarga donde no se goza al Señor!* ¿Por qué no pensar que estaba enamorada de un amor imposible? Además, ella era hija y nieta de conversos judíos. Tenía que disimular más. Por eso habla de la cárcel y de los hierros del alma. Expresa el ángor, su debilidad física, pero también una imposibilidad de amor real. Algunos de sus confesores eran inteligentes, muy atractivos.

Me voy. Me da asco lo que está diciendo.

¿Por qué? Yo creo en el alma, madre Izarne.

¿Cree en el alma? Pues habla de ella como si fuese una secreción.

No exactamente. Podríamos aventurar que el sustrato material del alma son las enzimas celulares.

Usted es un monstruo, un monstruo que se tiene por simpático.

Santa Teresa compara el alma con un castillo medieval, *todo de un diamante tallado por el vidriero divino.* ¿Por qué diamante? Si yo fuese poeta, y quién me diese serlo, hablaría de un copo de nieve. No hay dos iguales. Y se van desvaneciendo en su existencia, al brillo del sol, como si dijesen: ¡Qué aburrimiento, la inmortalidad! Cuerpo y alma están trabados. Como la música al instrumento. La injusticia que causa los sufrimientos sociales es, en el fondo, la más terrible maquinaria de destrucción de las almas.

¿Por qué cree usted que estoy aquí? No soy una mística. Lucho contra el sufrimiento, el sufrimiento que ustedes, los héroes de uno y otro lado, causan en la gente corriente.

Se equivoca de nuevo. Yo no contaré. No figuraré en ningún santoral. Como dicen los médicos nazis, pertenezco al campo de las vidas lastre, de las vidas que no merecen ser vividas. Ni siquiera tendré el alivio de saberme sentado, como usted, a la mano derecha de Dios. Pero le diré una cosa, madre Izarne, si Dios existe, es un ser esquizoide, una especie de Doctor Jekyll y Mister Hyde. Y usted pertenece a su lado bueno.

¿Por qué me toma el pelo?

Ni siquiera sé de qué color es.

La madre Izarne se quitó la blanca toca y meneó la cabeza para que los rojos mechones cayesen libremente.

Dijo ella:

Ahora ya lo sabe. ¡Y váyase al infierno!

Y él dijo:

No me importaría encontrar allí una estrella.

¿Tú crees que hay seres en otros planetas?, le preguntó de repente Herbal a Maria da Visitação.

No lo sé, dijo ella con una sonrisa irónica. Yo no soy de aquí. No tengo documentación.

La monja y el doctor Da Barca, contó Herbal, hablaban mucho del cielo. No del cielo de los santos, sino del cielo de las estrellas. Después de la cena, cuando los enfermos se recostaban al aire libre, ellos dos competían por distinguir las estrellas. Por lo visto, hacía muchos años que habían quemado a un sabio por decir que había vida en otros planetas. Antes no se andaban con remilgos. Ellos dos creían que sí, que había gente allá arriba. En eso coincidían. Pensaban que sería una gran cosa para el mundo. Yo creo que no. Más gente entre la que repartir las heredades. Para tener estudios, estaban un poco majaras. Pero me hacía gracia escucharlos. La verdad es que cuando te quedas mucho tiempo mirando, el cielo se va poblando de más y más estrellas. Dicen que hay algunas que las vemos pero que ya no existen. Que tarda tanto en llegar la luz que, cuando llega a ti, ya están apagadas. Manda carajo. Ver lo que ya no existe.

A lo mejor todo es así.

¿Pero qué más pasó?, le preguntó impaciente Maria da Visitação.

Que a él lo pillaron y allá se fue lo del hospital. A mí me jodió. Aquel clima me iba bien, y allí no se vivía mal. Yo era un vigía que no vigilaba. Nadie se iba a fugar. ¿Para qué? España toda era una cárcel. Ésa era la verdad. Hitler había invadido Europa y ganaba todas las batallas. Los rojos no tenían adónde ir. ¿Quién se iba a mover? Sólo algunos locos. Como el doctor Da Barca.

Llevábamos poco más de un año en el hospital. Un día llegó el inspector Arias con otros policías. Venían muy serios. Me dijeron: Tráiganos a ese médico por las orejas. Sabía, claro, de quién hablaban. Me hice el tonto: ¿Qué médico? Venga, cabo, tráiganos a ese tal Daniel Da Barca.

Él acababa de pasar revista a los enfermos en el pabellón grande. Comentaba las novedades con las monjas enfermeras, la madre Izarne entre ellas.

Doctor Da Barca, tiene que acompañarme. Preguntan por usted.

La blanca comitiva cruzó miradas en silencio.

¿Quiénes son?, dijo él con irónica sospecha. ¿Los del carbón?

No, dije yo. Los de la leña.

Era la primera vez que me salía un chiste de dentro. El doctor pareció agradecérmelo. Por su parte, era la primera vez que se dirigía a mí sin poner cara de un gasto inútil. Pero la madre Izarne me miró con espanto.

Hola, Chacho, dijo el inspector Arias cuando lo tuvo delante. ¿Cómo va esa zurda?

El doctor mantuvo el tipo. Respondió también con retranca: Esta temporada estoy fuera de juego.

El inspector tiró el cigarro aún mediado y lo aplastó lentamente en el suelo como si fuese el rabo suelto de un lagarto.

Ya veremos en la comisaría. Tenemos buenos traumatólogos.

Cogió al doctor Da Barca del brazo. No hizo falta que lo empujase. Él se dejó llevar hacia el coche.

Creo que alguien debería explicarme lo que está pasando, dijo la madre Izarne, encarándose con el inspector.

Es un cabecilla, madre. Un director de orquesta.

¡Este hombre es mío!, exclamó ella con los ojos encendidos. Pertenece al sanatorio. ¡Está aquí internado!

Usted atienda su reino, madre, dijo con frialdad y sin detenerse el inspector Arias. El infierno es cosa nuestra.

Se oyó aún el comentario en voz baja de uno de los policías acompañantes:

¡Carajo con la monja! Tiene carácter.

Más que el Papa, dijo el inspector con voz enojada. ¡Arranca de una puta vez!

Yo nunca había visto antes llorar a una monja, le contó Herbal a Maria da Visitação. Es una sensación muy extraña. Como cuando llora una imagen hecha de nogal.

¡Tranquila, madre! El doctor Da Barca siempre cae de pie.

La verdad es que yo no era precisamente un experto en consolar a la gente. Me mandó al infierno por segunda vez.

Lo trajeron a los tres días, suficientes como para volver más delgado. Al parecer, le contó a Herbal uno de los guardias que lo habían escoltado, la policía llevaba tiempo detrás del tal Chacho sin imaginar que cantaba desde la jaula. Era una leyenda entre la resistencia. Las combinaciones de jugadores que sugería en sus cartas, los comentarios de tácticas futbolísticas, eran en realidad informaciones cifradas para la organización clandestina. Desde sus tiempos de dirigente republicano y la estancia en prisión, Da Barca era un archivo viviente. Lo tenía todo en la cabeza. Sus textos, con testimonios de la represión, se publicaban en la prensa inglesa y en la americana. Le iban a abrir un nuevo proceso.

¡Pero si ya tiene cadena perpetua!

Pues le meterán otra. Por si resucita.

Supongo que le habrían sacudido duro, le dijo Herbal a Maria da Visitação, pero el doctor no comentó nada de su paso por comisaría, ni siquiera cuando la madre Izarne se acercó a él y escudriñó su rostro buscando las huellas de la tortura. Tenía un negrón en el cuello, bajo la oreja. La madre se lo acarició con la yema de los dedos, pero enseguida retiró la mano como si le hubiese dado un chispazo.

Gracias por su interés, madre. Me mandan a otro hotel más húmedo que éste. A Galicia. A la isla de San Simón.

Ella desvió la mirada hacia una ventana. Se veía el sendero del monte, el fondo dorado de la retama. Pero luego reaccionó con una sonrisa de novicia.

¿Ve usted? Dios cierra una puerta y abre otra. Así podrá estar cerca de ella.

Sí. Eso es lo bueno.

Cuando pueda, déle un abrazo fuerte de mi parte. No olvide que yo también los casé.

Se lo daré. Muy fuerte.

Diecinueve

Daniel Da Barca recorrió con una rápida ojeada las filas de ventanas a la búsqueda del reflejo de paloma de una toca. Pero no lo encontró. Se había despedido de los enfermos presos uno por uno. A la salida, se juntó un coro de mercedarias. Ella no estaba. La madre Izarne reza en la capilla, le dijo la monja más vieja, como quien trae un recado. Él asintió. Lo miraban expectantes. La brisa les agitaba los hábitos en un blanco adiós. Debería decir unas palabras, pensó. O mejor nada. Les sonrió.

¡Mi bendición, madres! E hizo la señal de la cruz en el aire como un deán.

Ellas rieron como muchachitas.

¿Y tú qué dijiste?, le preguntó Maria da Visitação a Herbal.

Yo no dije nada. ¡Qué iba a decir! Me fui como había llegado. Como su sombra.

Aquella escena debió de causar algún efecto en el sargento García. Son las ordenanzas, doctor, le dijo al ponerle las esposas, como si le molestase irrumpir con cadenas en aquella despedida. En la orden en que le comunicaron la custodia del preso, que haría en compañía del

171

cabo Herbal, de regreso a su destino en Galicia, se le informaba de que se trataba de un "destacado elemento desafecto al régimen", condenado a cadena perpetua. Había subido, pues, hasta el sanatorio penal con ánimo alerta y molesto por una misión de traslado que le haría recorrer España todo a lo largo, en trenes que se arrastraban como penitentes con la cruz a cuestas. Lo había tranquilizado la visión del preso, con aquel ramillete de monjas cautivadas. Como le había oído decir a un viejo brigada, el intelectual es como el gitano, una vez que cae no se amotina. El que era un muerto, pensó cuando se acomodaron en el primer tren, de Valencia a Madrid, era el compañero que le había tocado de escolta. Un aburrido. Como un borracho sobrio por la mañana. Como un enterrador puntual. De aquí a Vigo le iba a salir una tela de araña en las pestañas.

Perdone que le interrumpa la lectura, doctor, pero quisiera hacerle una consulta. Es una cosa a la que hace tiempo que le vengo dando vueltas. Usted es médico, debe saber de eso. ¿Por qué los hombres siempre tenemos ganas? Ya me entiende.

¿Se refiere al sexo?

Eso es, dijo el sargento riendo. Frotó, frufrú, las manos en perpendicular: Me refiero al asunto. Los animales paran, ¿no? Quiero decir. Tienen el celo y luego paran. Pero los humanos no. ¡El palo de la bandera siempre tieso!

¿A usted le pasa eso?

Desde luego. Yo veo a una mujer y ya me viene la idea. Nos pasa a todos, ¿no? ¡No irá ahora a decirme que es una enfermedad!

No exactamente. Es un síntoma. Eso ocurre a menudo en los países donde se hace poco. Imitó al sargento en el gesto de fregar, frufrú, las manos: Ya me entiende.

Al sargento García le hizo gracia la observación. Soltó una carcajada y miró hacia Herbal. Un tipo fino, ¿eh, cabo?

Yo no me encontraba muy bien, le contó Herbal a Maria da Visitação. Había transcurrido más de un año desde el viaje de ida. Cambiaron de tren en Madrid para coger en la Estación del Norte un expreso con destino a Galicia. Iban a desandar el camino del tren perdido en la nieve. Era primavera y el sol ponía destellos en las esposas del doctor como si fuesen relojes de pulsera. Pero Herbal no se encontraba bien. Notó su propia palidez como si se reclinase en una almohada fría y húmeda.

¿Se encuentra bien, cabo?

Sí, sargento. El tren me da sueño.

Será de la tensión baja. ¿Cómo funciona eso de la tensión, doctor? ¿Es cierto que tiene que ver con el azúcar?

El sargento García era muy parlanchín. Cuando la conversación decaía y el doctor Da Barca regresaba al refugio del libro, él la emprendía con otro asunto como si quisiese imponerse al monótono traqueteo. Iban uno frente al otro, junto a la ventana, mientras Herbal dormitaba algo apartado con el fusil en el regazo. Solos en el departamento. En una de las paradas, cuando ya anochecía, Herbal despertó con el ruido de la puerta. Se asomó una mujer con un niño en el brazo y otro de la mano. Ella llevaba un pañuelo en la cabeza. Dijo por lo bajo: Sigue, hijo, aquí no.

Cuando volvió a dormirse, Herbal escuchó al doctor Da Barca hablando con la monja aquella, la madre Izarne. Le decía: Los recuerdos son engramas. ¿Y eso qué es? Son como cicatrices en la cabeza. Y entonces vio una fila de personas con escoplo de carpintero haciéndole cicatrices en la cabeza. Y a la mayoría les decía que no, que no le hiciesen cicatrices en la cabeza. Hasta que apareció Marisa, la niña Marisa, y él le dijo: Sí, hazme una cicatriz en la cabeza. Y Nan. Su cabeza era un pedazo de aliso. Nan le hizo un corte suave y acercó la nariz para oler. Y luego llegó su tío, el trampero, y se quedó con el cuchillo en alto, diciendo: Cuánto lo siento, Herbal. Y él dijo: Si hay que darle, dale, tío. Pero después su cabeza aparecía enfangada, entre hollín de carbón, en Asturias, y una mujer gritaba, y el oficial decía: ¡Disparen, hostia, me cago en diola! Y él decía: No, no me hagáis esa cicatriz.

Y luego se vio en un monte, al borde de una carretera, una noche de luna en agosto. Tenía ante sí un muchacho uniformado, con cara de trampero, e iba a decirle por qué. ¿Por qué me haces esta cicatriz? Recordó el lápiz. El lápiz de carpintero. La mujer del pañuelo en la cabeza le dijo: Sigue, hijo, aquí no. Y despertó bañado en sudor, rebuscando en el saco del equipaje.

¡Eh, cabo! Estamos en su tierra. ¿No ve que está lloviendo? ¡Me debe tres imaginarias!

Y añadió en voz baja: ¡Carajo con el vigía! Dormiría hasta en un bombardeo.

Al fondo del saco encontró el lápiz.

¡Hola, Herbal!, le dijo el pintor. Ya estamos en Monforte. Aquí el tren se divide. Yo para el norte, para Coruña, y tú para el sur. ¡Cuida de este hombre!

¿Y qué puedo hacer?, murmuró Herbal. Se me ha acabado la parentela. No me dejan en San Simón. Me mandan a otro destino.

Mira, dijo el pintor. ¡Fíjate en ella!

Allí estaba. Su pelo rojo, el arco iris de sus ojos, iban apartando la niebla del andén. El doctor, esposado, golpeó en el cristal con los nudillos.

¡Marisa!

El sargento García, tan hablador, quedó mudo como si la ventana fuese una pantalla de cine.

¡Adiós, Herbal! Me voy a ver cómo está mi hijo.

¡Es mi mujer!, dijo el doctor sacudiendo al sargento con las manos esposadas, excitado como si estuviese anunciando la llegada de una reina.

Y lo era, o más bien una reina costurera. Con aquello sí que no contaba el sargento García, le dijo Herbal a Maria da Visitação. Ni yo. Cuando se asomó al departamento, no sabíamos si disparar una salva o ponernos de rodillas. Yo hice como quien no quiere la cosa.

Marisa traía un cesto como para ir de merienda y un traje estampado de flores que se le ceñía al cuerpo, con los brazos desnudos. Era como si en una celda entrase toda una huerta en primavera, con abejas y todo. El abrazo inicial fue inevitable. El cesto de mimbre crepitó entre los dos cuerpos como el esqueleto del aire.

Aquel abrazo me sobrecogió, le contó Herbal a Maria da Visitação. La cadena de las esposas le resbaló por la espalda y se quedó atravesada en la cintura, al comienzo de las nalgas.

Con el tren en marcha, el sargento García consideró que era hora de imponerse a los acontecimientos. Su gesto simpático se volvió cortante como tijera de acero. Se separaron.

Es mi mujer, sargento, dijo el doctor Da Barca como si le pusiese nombre al agua.

Llevamos mil años en el mismo tren y no me dijo nada de que lo esperaba su mujer. Y exclamó señalando a la gente del andén: ¡Podría haberme ahorrado este circo!

Él no sabía nada, dijo Marisa.

El sargento la miró perturbado como si le estuviese hablando en francés y cogió el telegrama que ella le tendía. Firmaba la madre Izarne desde el sanatorio penal Porta Coeli y la informaba del horario de trenes del traslado.

No quiero ser descortés, doctor, dijo el sargento García, pero ¿cómo sé que son marido y mujer? No me sirve su palabra. Necesito papeles.

En aquel momento fui un cobarde, le contó Herbal a Maria da Visitação. No sé lo que me pasó. Quería decir: Lo son, yo lo sé. Pero se me barrió la voz.

Yo tengo los papeles, dijo muy digna Marisa. Y los sacó de aquel cesto de merienda.

La actitud del sargento García cambió desde ese momento. Estaba impresionado y no me extraña, dijo Herbal. Aquella mujer convertía la noche en día, o *vivecersa*, que diría el Gengis Khan. Miró alrededor, como en un trámite, y le quitó las esposas al doctor.

Se pueden sentar juntos, dijo señalando la ventana. Y él se quedó con el cesto. Era de buen diente.

El doctor Da Barca cogió a Marisa de las manos, dijo Herbal antes de que Maria da Visitação le preguntase qué hacían. Le contaba los dedos por si le faltaba alguno. Ella lloraba, como si le hiciese daño verlo.

De repente, él se levantó y dijo: Sargento, ¿no le apetece echar un pitillo?

Salieron al pasillo del tren y no fumaron un pitillo sino media docena. El tren corría por la orilla del Miño, teñida de verdes y lilas, y el sargento y el doctor charlaban animados como si estuviesen en la barra de la última taberna.

Desde mi rincón de dormilón, dijo Herbal, yo la miraba con lástima, con ganas de tirar el fusil por la ventana y abrazarla. Ella lloraba sin entender nada. Yo tampoco. Faltaban unos minutos para que llegásemos a la estación. Después, nada. Años y años de cárcel sin poder tocar a aquella reina costurera. Pero él, habla que te habla con el sargento, como dos feriantes. Y así hasta que llegamos a la estación de Vigo.

A mí me extrañó que no le pusiese las esposas. El sargento me llamó aparte: Discreción absoluta con lo que vamos a hacer. Si algún día se va de la lengua, lo buscaré aunque sea en el infierno para meterle un tiro en la boca. ¿Entendido?

No se preocupe, sargento.

Pues coja su parte. ¡Disimule, coño!

Herbal notó el tacto de los billetes en la mano y los guardó en el bolsillo del pantalón sin mirar.

Estamos los dos de acuerdo, ¿no?

Lo miró en silencio. No sabía de qué le estaba hablando.

Bien. Entonces vamos a hacerle un favor a esta pareja. Al fin y al cabo, están casados.

Herbal pensó que el sargento García había perdido el juicio, enajenado por la labia y la mirada hipnótica del doctor Da Barca. Debería haberlo previsto. Aparte del dinero que le había dado, que no podía ser mucho, ¿qué demonio le había contado para hechizarlo así?

Este Daniel es un fenómeno, le dijo el pintor al oído.

¿Pero tú no te habías ido?, dijo Herbal sorprendido.

Lo he pensado mejor. ¡No me podía perder este viaje!

¿Qué hacemos entonces, cabo?, preguntó el sargento. Él me dijo que usted sabría. Que conoce bien Vigo.

El pintor le pegó con el puño en la sien: Ha llegado la hora de la verdad, Herbal. ¡Pórtate!

Podemos llevarlos a un hotel que hay aquí cerca, señor. Y que pasen por fin su noche de bodas.

Por el andén, ajena a todo aquel enredo, Marisa apuró el paso. Lloraba en silencio. A Herbal le pareció hermosísima, como las camelias a punto de caer. Por fin, Da Barca se le acercó cariñoso, pero ella lo rechazó enojada. ¿Quién eres tú? Tú no eres Daniel. Tú no eres el hombre que yo esperaba. Hasta que él la agarró con energía por los hombros, la miró de frente, la abrazó y le habló al oído.

Escucha. No hagas preguntas. Déjate llevar.

Marisa se transformó a medida que fue entendiendo. Se le puso cara de novia, le contó Herbal a Maria da Visitação. Caminaron serenos hasta la calle del Príncipe, mientras se encendían las primeras luces del anochecer, fingiendo interesarse de vez en cuando por los escaparates. Hasta que llegamos a un pequeño hotel que había por allí. El doctor Da Barca miró para el sargento. Éste asintió. Y la pareja entró delante con aire decidido.

Buenas noches. Soy el comandante Da Barca, se presentó él con voz severa en la recepción. Dos habitaciones, una para mí y mi mujer, y otra para la escolta. Bien. Nosotros vamos subiendo. El sargento les dará los detalles.

A sus órdenes, comandante. Buenas noches, señora. Que descansen.

Buenas noches, comandante Da Barca, dijo Herbal cuadrándose muy formal. Inclinó ligeramente la cabeza: Buenas noches, señora.

El sargento García enseñó su documentación. Le dijo al recepcionista: No quiero que molesten al comandante bajo ningún concepto. Pásenme a mí cualquier aviso.

Fue una noche muy larga, le contó Herbal a Maria da Visitação. Por lo menos para nosotros. Supongo que para ellos fue muy corta.

No creo que los tortolitos se escapen, dijo el sargento al llegar a la habitación. Pero no vamos a correr riesgos.

Así que pasaron la noche escuchando por turno detrás de la puerta. Me presento voluntario para la primera imaginaria, había dicho el sargento García guiñándole teatral un ojo a Herbal. ¡Tres veces!, exclamó cuando volvió. Lástima de un agujero en la pared.

Si hubiese un agujero en la pared, verían los dos cuerpos desnudos sobre el lecho, ella vestida sólo con el pañuelo anudado al cuello que un día le había dado en la cárcel a Daniel.

A mí me pareció que alguien lloraba, le contó Herbal a Maria da Visitação. Era una noche de viento, de mucho acordeón en el mar.

Después yo también oí chirriar el somier.

Muy temprano, al alba, el sargento llamó a la puerta para avisarlos. Con tan larga vigilia empezó a sentirse inseguro por el paso dado. Se movió con inquietud alrededor de la cama.

¿De verdad que usted estaba de acuerdo con él?

Algo sabía, mintió Herbal.

No se lo cuente ni a su mujer, dijo el sargento, repentinamente muy serio.

No tengo mujer, dijo Herbal.

Mejor. ¡Andando!

Todavía guardando las formas, salieron del hotel como un grupo de furtivos. Si los hubiese seguido tras cruzar la puerta, el recepcionista vería cómo el comandante Da Barca pasaba a ser un prisionero con las manos esposadas. Por las calles vagaba una luz de resaca, una melancolía de basura pobre, tras una noche de acordeones en la ría.

En el muelle, un fotógrafo de emigrantes se ofreció despistado a hacerles una foto. El sargento lo disuadió con un gesto brusco: ¿No ves que es un preso?

¿Lo llevan a San Simón?

A ti qué te importa.

Casi nadie vuelve. Déjeme que les haga una foto.

¿Que nadie vuelve?, dijo el doctor de repente con una sonrisa audaz. ¡Una cuna romántica, señores! ¡De allí salió el mejor poema de la humanidad!*

Pues ahora es un catafalco, murmuró el fotógrafo.

¡Venga!, ordenó el sargento. ¿A qué espera? Haga esa foto, ¡pero que no salgan las cadenas!

Él la abrazó por detrás y ella le cubrió los brazos para que no se viesen las esposas. Enfundados el uno en el otro, con el mar al fondo. Ojeras de noche de bodas. Sin mucha convicción, como de trámite, el fotógrafo les pidió que sonriesen.

La última vez que la vi, le contó Herbal a Maria da Visitação, fue desde el fondeadero. Nosotros subidos a la barca. Ella allí, en lo alto del embarcadero, solitaria, junto al noray, los largos mechones rojos peinados por el viento.

Él iba erguido en la barca, sin dejar de mirar para la mujer del noray. Yo, encogido, en la popa. Debo de ser el único gallego que no ha nacido para andar por el mar.

Al llegar a San Simón, el doctor saltó al embarcadero con aire resuelto. El sargento firmó un papel y se lo entregó a los guardias.

---

* Se refiere al único poema conservado del juglar gallego medieval conocido como Mendiño, que comienza *Sedia m'eu na ermida de San Simon e cercaron mi as ondas que grandes son*. Se trata de una hermosísima composición en que el poeta canta los sentimientos amorosos de una mujer que, cercada por las olas en la isla, aguarda la llegada del amado. (N. de la T.)

Antes de marcharse, el doctor Da Barca se volvió hacia mí. Nos miramos de frente.

Me dijo:

Lo tuyo no es tuberculosis. Es del corazón.

Aquéllas de la orilla, dijo el barquero al regreso, no son lavanderas. Son las mujeres de los presos. Les mandan alimentos por el mar en serones de bebé.

Veinte

Ellos fueron lo mejor que la vida me ha dado.

Herbal cogió el lápiz de carpintero y dibujó una cruz en el blanco de la esquela del periódico, dos trazos burdos como hechos con un buril en piedra de losa.

Maria da Visitação leyó el nombre del fallecido: Daniel Da Barca. Debajo, el nombre de su mujer, Marisa Mallo, el hijo, la hija, y una larga estela de nietos.

En el encabezamiento, a la derecha, y a modo de epitafio, un poema de Antero de Quental. Maria da Visitação lo leyó lentamente con su portugués de acento criollo:

Mas se paro un momento, se consigo
fechar os olhos, sinto-os a meu lado
*De novo, esses que amei: viven comigo...**

¡Herbal, me vas a estropear a la chica con tanta literatura!

---

* En portugués en el original. «Pero si me paro un momento, si consigo / cerrar los ojos, los siento a mi lado / de nuevo, aquellos que he amado: viven conmigo...» *(N. de la T.)*

Manila, que acababa de bajar del primer piso, se servía un café en la barra. Hoy parecía de buen humor.

Yo sólo he conocido a un hombre que supiese poemas. ¡Y era un cura! Eran unos poemas preciosos, que hablaban de mirlos y de amor.

¿Tú y un cura poeta?, dijo burlón Herbal. Buena pareja, sí, señor.

Era un hombre encantador. Un caballero, y no como otros de sotana. Don Faustino. Según él, Dios tenía que ser mujer. Cuando se vestía de paisano para ir de juerga, decía: ¿A que no me conoce ni Cristo? Algo inocente. Le hicieron la vida imposible.

Se bebió el café de un trago: Id acabando la tertulia, que abrimos en media hora.

Nunca los he vuelto a ver, le contó Herbal a Maria da Visitação. Supe que Marisa había tenido un hijo, cuando él todavía estaba en San Simón. ¡El niño de la noche de bodas! Al doctor Da Barca lo soltaron a mediados de los cincuenta. Luego se fueron para América. Eso fue lo último que me dijeron de ellos. Ni siquiera sabía que habían regresado.

Herbal hizo un juego de manos con el lápiz del carpintero. Lo manejaba como si fuese un dedo que anduviese suelto.

A mí enseguida me cambió la vida. Tras entregar el preso en San Simón, volví a Coruña. Me encontré con mi hermana muy enferma. Enferma de la cabeza, quiero decir. Le pegué un tiro al Zalito Puga. Bah, en realidad le pegué tres. Eso fue lo que me perdió. Lo tenía todo pensado. Pensaba alegar que se me había escapado uno al limpiar el arma. Por aquel entonces eso era muy frecuente. Pero en el último momento perdí el control y le metí tres disparos. Así que me expulsaron del cuerpo y fui a parar a la cárcel. Allí conocí al hermano de Manila. Y a ella la conocí en las visitas. Yo ya no tenía a nadie. Ella era mi única ventana con el mundo. Cuando salí, me dijo: Estoy harta de chulos. Necesito un hombre que no tenga miedo.

Y aquí estoy.

¿Y qué fue del pintor?, preguntó Maria da Visitação.

Vino una vez a verme a la cárcel. Un día de angustia, de sed de aire. Me habló el difunto y se me pasó el ahogo. Me dijo: ¿Sabes? Ya he encontrado a mi hijo. Anda pintando maternidades.

Eso es buena señal, le dije. Significa esperanza.

Muy bien, Herbal. Ya sabes algo de pintura.

¿Y qué fue del pintor?, preguntó Maria da Visitação. ¿No volvió?

No, no ha vuelto nunca más, mintió Herbal. Como diría el doctor Da Barca, se perdió en la eterna indiferencia.

Maria da Visitação tenía los ojos brillantes. Había aprendido a aguantar las lágrimas, pero no a controlar las emociones.

Mira, el brillo de las camelias tras la lluvia, le dijo el pintor a Herbal al oído. ¡Regálale el lápiz! ¡Regálaselo a la morena!

Toma, te lo regalo, le dijo tendiéndole el lápiz de carpintero.

Pero...

Cógelo, haz el favor.

Manila dio en el aire las palmadas de costumbre y abrió la puerta del local. Había un cliente esperando.

Ése ya estuvo aquí el otro día, dijo Herbal con la voz cambiada. La voz de vigía: ¡Tienes trabajo, niña!

Está encariñado, dijo ella con ironía. Me contó que era periodista. Anda deprimido.

¿Periodista deprimido? Ahora la voz era de asco: Ten cuidado. ¡Que pague antes de ir a la cama!

¿Adónde vas?, le preguntó Manila con extrañeza.

Voy un poco afuera. A tomar el fresco.

¡Abrígate!

Es sólo un momento.

Herbal se apoyó en el quicio de la puerta. En la noche lluviosa y venteada, el neón de la valquiria parpadeaba con una obscenidad triste. El perro del cementerio de coches le ladraba a la procesión de faros. Una letanía de buril en la oscuridad. Herbal notó el ahogo y deseó que lo arrasara por dentro una ráfaga de aire. Por el camino arenoso que llevaba a la carretera, la vio por fin venir. La Muerte con sus zapatos blancos. Por instinto, palpó buscando el lápiz de carpintero. ¡Ven, cabrona, ya no tengo nada!

¿Por qué estaba tan callada? ¿Por qué no maldecía a la puta Vida y al sonriente acordeonista que se la había llevado?

¡Entra, Herbal!, dijo Manila abrigándose con su chal de encaje negro. ¿Qué haces aquí fuera solo como un perro?

El dolor fantasma, murmuró él entre dientes.

¿Qué dices, Herbal?

Nada.

Otros títulos de la Biblioteca Manuel Rivas

¿Qué me quieres, amor?
En estos relatos el amor es el protagonista in-
definido: el amor del padre que va a trabajar
con la preocupación de no saber cómo ni
dónde ha pasado su hijo la noche; el amor más
carnal de Carmiña, con la incómoda presencia de su perro Tarzán; o –¿por qué no?– el
amor compasivo que llega a sentir el lector
por el viejo profesor rural de *La lengua de las
mariposas*, historia que ha sido adaptada al
cine por José Luis Cuerda y Rafael Azcona.

Ella, maldita alma
Es una obra intimista que acaba abriéndose al
mundo como un Big Bang. Libro de relatos o
novela polifónica, la escritura va localizando almas. Sus formas son asombrosas y humildes:
un enjambre de abejas, el corcho de una botella de alcohólico, un loro anarquista, un muñeco
de ventrílocuo que se enamora y habla francés
a las campesinas…